童嘉通诗草

童嘉通 著

诗随古运河流淌

广陵书社

目录

古运河边

童嘉通诗草　诗随古运河流淌

东关城门

东边关住过一河水
西边关住过一城人

尔后，城要朝外扩
无须围墙界分
街要朝前伸
无须关门开门

将黄金街口辟为广场
仿筑一个你和城墙一截
门不关，墙不围
让世人仰慕你浩气长存

你笑着摇摇头，似在说：
国之窗口
当牵手全国所有的城门
开放迎春……

那门祖传大炮还让它架在那里
民族的脊梁，古城的魂

2018.12.12

东关古渡

渡口仍在
渡船不存
想见，它会立刻现身

不是所有人都能如此
当年天天进城出城的少年
闭上眼睛，画面又栩栩如生

夏日水涨，摆渡船
河东河西一篙撑
寒冬水枯，舟浮桥
五条木船河上横
有一年枯水枯到了河底
铺块跳板就进出城

后来才钢筋混凝土
南造解放桥，北桥便益门
宛若两道落地的虹
车水马龙任驰骋……

古渡新景，美不够
闭目思故，酒也醇

2018.12.9

老人与老街

他们心中都有一张老街图
走走停停，望望门牌
追梦童年，领略风采

长长老街像在赶庙会
啥都好卖，商家嘴笑歪

唯中段180号，空有其牌
也难怪，这里寸土寸金
四美酱园割爱，迁址郊外

老街上，新景早将旧图覆盖
开街日，未必有今日之气派

如今天天像过年
千年老街，为古城列队仪仗
笑迎五湖四海……

2019.7.18

本土人逛老街

不为到老街买吃的
也不为到老街买用的
就想去看看街上的人山人海
卖卖呆——

空着一双手，进去
又空着一双手，出来

两手空空
并不等于一无所采
看他们个个喜笑颜开
舒心又抒怀

本土人逛老街也购物
买这条老街走进了新时代

2019.10.8

扬州麦粉厂

矗立河边的两幢长方形洋楼
密密麻麻构筑长方形小窗

入夜，将所有窗户统统点亮
璀璨成两艘豪华客船——

不用蒙眼驴拉磨的大磨坊
西门子电驴运转的洋面厂

小农经济还是转转小磨坊
即使去，也为买麸买糠

今日贴耳旧址小洋楼
似乎还隐隐听到当年机器响

2018.12.8

布厂记忆

拆除东水关城墙城垛
飒爽英姿才得以亮出

排列整齐、统一装束，半爿屋
红瓦铺红霞
白墙泛银河——

听不到机器轰鸣
却闻纺织娘振翅高歌……

织女，天上只有一个
人间却遍若花朵，难怪
众多牛郎天天在门前守候

2019.10.29

拴船桩

个头都不很高，粗粗壮壮
头戴平顶黄帽，统一着装
水路来古城的迎宾仪仗

列队临河听帆，之间间距
不准缩短，也不准拉长
就像鞋大鞋小都不合脚一样

船上抛来的靠岸棕绳
笑举双臂接缆，捆绑身上
你清楚，捆的都是钱财万贯

如今也拴游船，诚告天下客
过时的旧船票都不能上
游船载欢乐，载不动忧伤……

2019.1.10

砚池公园

美如一只硕大无比的彩蝶
停落古运河边一展风采

挂在城墙外面的砚池街呢？
虽不巨贾，也百货俱全
都不见了，薄利一条街

不研墨的砚池养鱼养蟹
不少家经营水产专卖
常年湿漉漉，贵客脚不踩

想它念它，并非盼它重现
穿草鞋的父亲爱去，他说
这条街上生意人实在——

造园者园中筑条袖珍长廊
老街版本、左弯右拐
每天竟一座难求，下棋打牌……

听听你的名字就全部释怀

是条街的毛毛虫羽化而来

2019.1.12

砚池长廊

东门外那条南北向砚池街
街上，几乎家家都经营水产
弄得长街终年湿淋淋
酷似一方长条状砚台

旧貌换颜，公园临河而建
特筑砚池长廊，贴河蜿蜒

下棋，品茶，会友，打牌
长廊不设商铺、不做买卖
为满足不少老人吃零嘴消闲
偶也听得吆喝十二圩茶干……

夏日有河风，冬日有暖阳
长廊俨然成了一道风景线

老人们每天都爱到河边上玩玩
好地方，愉悦在心，笑也灿烂
引来游客驻足，竖拇指点赞
祝福老人，颐养天年

隔河望长廊，一幅水彩画卷
袖珍砚池街，垂柳轻掩薄帘

2021.12.1

河边长廊

满耳古渡口车喧人嚷
出便益门，几步就俪浦撷芳

有桥有亭，垂柳成行
你位居河西，人来人往
堪称扬州的"河西走廊"

夏可避暑，冬晒太阳
听得见风吹树叶、鸟亮翅膀

长廊还是一条读画廊
一河贯通南北，百舸争流
读这轴千古长卷流淌……

河边长廊，廊长情长
每步都有歌声踩响

2018.11.1

吹萨克斯管的女郎

二十四桥像也搬来河边
玉人仍在，不闻洞箫
萨克斯管从她唇边淌出旋律
倒也顺畅成调

许是刚同萨克斯结缘
老师跟在身边把手点教
缓缓流动的河水像录像带
录下她学步的分分秒秒……

不以登台演出为目标
待《回家》金曲烂熟于心
闭目陶醉，摇头晃脑
古运河才发给她毕业证照

2018.11.5

垂钓老人

老人天天来河边垂钓
总想把过去的岁月钓回

他也知道这不现实
千竿万竿，也不可能
他还是如痴如醉

偶得猫鱼一条
也高兴得手舞足蹈

收竿回家，放进玻璃缸里
又多个伴，陪他嬉闹……

老人天天来河边垂钓
钓每个日子都阳光普照

2018.11.2

诗 者

每得小诗一首
都要来河边轻吟
面对河水，诵给古运河听

喝古运河水长大的诗人
不忘母亲河养育的乳汁墨汁
八旬老牛，仍奋蹄耕耘

古运河真的很开心
笑出满河波纹……

2018.11.3

德国女孩

高鼻梁蓝眼珠的德国女孩
手握相机在河边徜徉
她喜欢这块土地上长出的安详

正举机为一位抖空竹老人照相
老人摇手：镜头留给年轻人
他们是古城的希望

德国女孩将甜甜的笑
播撒在扬州人心坎上

2018.11.3

俄罗斯女孩

几个俄罗斯女孩
笑脸如花，在古运河边绽放
每人手里拿一串北京糖葫芦
悠闲自得，跟在家里一样

小小年纪就心仪秀色可餐
边走，边吃，边望
将中国的南方和北方
一块儿品尝——

谁想，他们边走边吃还边唱
一曲刚学会的《牧羊姑娘》
随河水向南流淌……

2018.11.25

荷兰小伙

呼啸的空竹，令他欣喜
飞舞的空竹，让他着迷

终于，跟抖空竹老人逗笑
能否将他也挂上飞旋
体验中国空竹之神奇？

老人凝眉，随即破题
让他将名字写在空竹圆盘底

抖索复又牵引童趣
小伙竖拇指赞许，未料及
睿智得如此轻而易举……

老人将空竹送给了他
让他带回荷兰抖动友谊

2019.1.23

巴拿马小伙

随前总统造访而来的一位小伙
将巴拿马运河上的风也带来了
他站立桥头，一松手
那只大红气球迅即飞离

就像一只红色无绳鼠标
不停地向太空点击而去……

看他笑得如此惬意
想必他的母亲河已如数收悉
自古运河边发回的条条信息

尽管两条河相距万里
都乃先辈们挖出的人间奇迹

我竖拇指点赞他的比喻
他跑过来紧紧握住我的手
一老一少
两条河相拥在一起

2019.10.1

牌楼合影

祖孙三代脸上全都露出笑
古城标志性牌楼下站好

摄像者一再要他们离柱向前
全家人依然不挪动双脚

爷爷发话：就贴柱而站
人小点无碍，全景才自豪

咔嚓一声，摄像者明了：
自喻渺小者不一定就渺小

2018.11.7

河边吹鼓手

城里，没有他们的房子
出租屋，只能挤挤睡觉
也好，是骡子是马拉出去亮招

古运河边，地阔天高
容得下唢呐、萨克斯、圆号
架子鼓猛敲

全凭娴熟技艺这把钥匙
开启古城准入之门
漂街漂巷，自己广告——

古运河早拉出湛蓝色流动水幕
一支支流行金曲、扬州小调
全在河上飘……

2018.11.10

嬉水古运河

不少年轻夫妇带孩子来扬州
总先来到古渡口
让孩子摸摸这块古老的土地
再到古运河边洗洗手……

我也陪着他们笑
生活不需要那么多的为什么
也不需要追根寻由
各人自由

2018.11.12

河对面那位挑水老人

整整挑了一个夏天
一天不落
——每天下午四点

老人准点来到古运河边
挑走河水一担又一担
虽不摇晃，吃力爬坡上坎

我总幻映老人是头老牛
已无力吆喝号子攒劲
挪一步像在挪动一座山

挑水老人钻进一片林子
说是树林东边有他的菜园

小我许多岁的挑水老人
虽已佝腰驼背
仍舍不得用自来水浇田

天天买菜的我，却不知

夏日小蔓菜长得如此艰难

2018.11.12

锃亮昨天

行进在城门口的那辆黄包车
被定格，黄包车和那位车夫
都按一比一、青铜浇铸

游人总喜欢上去坐一坐
手一伸，一把将昨天抓住……

天长日久，车把和车夫
被摸处，锃得崭新如初
亮得耀人双目

岁月能将记忆锈蚀模糊
众手却给岁月涤垢去污

2018.11.13

没打出去的水漂

老人从口袋里掏出一块瓦片
侧身，展臂，弓腰
准备假座古运河找回那首童谣

一位小伙笑着上前：
老人家，我就是你当年
打出去的那枚水漂——

东漂，西漂
南漂，北漂
最后，漂来古城扎根落脚

有房有车了
成家立业了
生儿育女了

老人收起瓦片，笑了：
年轻人说得真好
漂儿只有踏波踩浪路一条

2018.11.15

河边抖抖嗡

在古运河面前抖空竹
要跟做人一样
不能耍花样
哗众取宠

如今，少年成老翁
一颗童心未泯
依旧抖出当年雄风

老翁河边抖抖嗡
好心情随空竹飞上天空
诗句乘兴而出
嗡升新月，索挂长虹……

2018.11.16

仙女庙

江都这块土地
似乎生来就该叫这个名字
府也好，县也好，区也好
都比不上你名声大噪
人们嘴边上一沓，还是仙女庙

儿时曾赶小毛驴挣钱走近你
四道桥一过，就到了

庙在何处？不问也不找
心里早找到：
县城多大庙多大
数十万平民百姓
皆我乡亲父老

他们日落而歇，日出而作
以善为本，视德天高

你南临长江、运河北绕
这块土地像专门生长勤劳

连仙女也不散花逍遥
目光望着干渴土地
多酿甘露几瓢……

哦，仙女庙吉星高照
仙女庙的江都：郎才，女貌

2019.2.18

邵伯铁牛

重阳，专程邵伯省亲
它终于查清问明
我也是丁丑年的一头牛
让我蹲下身子俯耳贴近
听它牛声牛语叮咛：

"九牛镇邪，你信么？
只是人们心中的祈盼而已
连我自己都不相信
在这里守望长龙
牵挂的是一方百姓

"既安置，则安之
眨眼好几百年
告诉牛家族子子孙孙
牛祖宗没那么大本领
只是一名终身制哨兵"

2018.10.17

望　乡

少小离家的一位老人
站在古渡口西岸，隔河眺望

堪比天上宫阙
远眺，脚不乱、眼不迷惘
找寻生他养他的那条老街巷

尽管河对岸全无昨日影子
酷似水彩画一张
绿化带后面，耸几十幢洋房

似有老照片藏匿心底
他依旧如数家珍
善报庵、蛋厂、二畔铺
犁头店、小学、柴草行……

他笑了，用手机拍下故土
外街不外，彻底更装
绫罗绸缎换掉破衣烂裳——

一高兴，老人哼起腾格尔：
这是我的家啊，我的天堂！

2018.11.20

南巡御道石碑

用大理石镌刻
造双层四角方亭筑台
临风古运河高桥桥头听帆
庄重而气派

这里就是漕运起点
大唐盛世何来？
古城东方大都会何来？

像一册厚重的立地史书
真正读进碑石
答案全在里面

立碑宫船拐弯亲民
皇恩今犹在
对后继朝朝天子言
石碑是路牌……

2018.11.23

邗沟大王庙

你有三个称谓
个个金口碑
都是吴国最大的王
大王庙，对外的统一称号

称你二王庙
同坐一堂的二位吴王
左边坐着春秋的夫差
右边坐着西汉的刘濞

最爱喊你财神庙
夫差凿邗沟，刘濞开运河
千帆万船下扬州
船船装盐装粮油……

第三个称谓令人夜静思
真正为社稷造福的臣
人民才供奉他为神

2018.12.3

古运河从这里转弯

南来的上行船
纤夫从这里向东转弯
东来的下水船
左拐舵，从这里转弯向南

船只如梭，穿梭长河
浩浩荡荡，你追我赶
大王庙成了检阅台
船队方阵永远过不完……

古运河从这里转弯
古城的历史也从这里转弯

2018.12.2

运河保洁船

一前一后，贴水面扇动双翼
像两只橘红色的鸟
从不奢望飞高

一个船尾掌舵
一个船头执网搜寻目标

就像天天为古运河梳妆
由南至北，不留死角

逆水远去的两件黄马夹
更像两团熊熊火苗

出身矿山煤窑
走到哪里都不忘煤的格言：
我要燃烧

2018.12.5

古邗沟

都以为先有古运河
说你在宽阔古运河西岸
凿开一个窄窄的口——

古邗沟笑而不语
将古运河喊成邗沟都不为错
原本就是一个

史实犹如铁板上钉钉
先后不是谁窄谁宽谁胖谁瘦
古邗沟乃古运河之母

钩沉岁月，重读古运河
那根生命的脐带还扥着……

2019.1.12

宝塔湾

文峰塔是灯塔也是入云桅杆
千舸明白：
古运河在这里又要转弯

河边立一碑亭迎送客船
请跨扬州城水门槛……

将文峰塔唤作宝塔湾
许是船家先喊

一船引领，千船唱和
喊得年年舱满岁岁平安

文峰禅寺敲响晨钟暮鼓
巍巍宝塔湾
湾来金山银山

2019.1.18

瓜洲夜泊

租赁一叶扁舟
划桨古渡口
夜幕下把酒唱和
哼起了那支古老的歌

今夜无眠
不为床榻过于简陋
今夜无眠
不为小船颠簸晃悠
渡口依旧
大江依旧
不肯依旧的江天夜色：
西挂长虹
东矗高楼
再不见歌声里霜打雾裹
满目星海灯河
夜泊瓜洲
为泊古人把江月守候
瓜洲夜泊
泊得故乡美若天酬

美成了一支歌

租赁一叶扁舟
划桨古渡口
徜徉在历史长河
为打捞那支古老的歌……

2014.9.1

湾　头

大运河入城后要弯十三个湾
湾头是头道湾口

头湾的名字没喊多久
就被喊成了湾头

沿河而弯的那条老街
茱萸遍插，百业皆有

镇水的九牛二虎一只鸡
二虎就出在湾头

船到湾头帆落桨收
帝王也从这里下扬州

2019.1.22

由古运河扬州段望北

两岸玉石栏杆，麻石护堤
一条水铺通道，美观又整齐

也知道进城的大运河
都打扮了，都漂亮了
更多更长位居野外的大运河
流淌依旧，帆影依旧
依旧古朴有余

不过，这样也好
富起来不会将昨天忘记

2019.1.28

大运河遥想

似乎在北方源头
有台巨型织造机
每天织出丝绸千匹万匹
源源不断飘来这里
又向大江飘去……

古时，漕运繁忙
美好心情，无暇顾及
倒映蓝天白云和两岸风景
今得一份悠闲慰藉

一条千里长的精美彩绸
天天舞动在华夏大地

2018.11.28

运河情结

少小离家，泪珠直掉
就像古运河边
一棵被连根拔起的小草
不管移植哪里，都是孤苗

乡恋也是酒，越藏纯度越高
儿孙邀我同去佛罗伦萨
只才几天，就莫名心烦意躁

并非老年痴呆，从小
就听大人们说透了：
如果故乡是头牛
我们都是牛身上的一根毛

2019.11.10

邵伯老街

一条沿河老街
顺风顺水，由北而南

如今全都关门插锁
有街无市，沉寂一片

也难，家家儿女在外
回来开店，未必能挣更多钱

留下一条时空长廊
让人们一脚就跨进昨天……

又现人头攒动、浪去潮来
小贩叫卖的世界——

更有枝繁叶茂甘棠一棵
见树如见那位廉洁官员

一切都能在眼前还原
记忆是轴历史长卷

2019.2.15

高邮老街

也是一条因河而兴的长街
由北而南，紧挨河边

长街从远古而来，这七十年
老店新开，旧貌新颜

街上还是那个老味道
蒲包肉仍在桥头专卖点

商家爱操乡土方言
一句"欸乃"，暖到你心坎

和珅的当铺也照样开门
（早停摆，仅供参观）

高邮盛产董糖、双黄蛋
最出名的还数界首茶干

老街不老
古琴新弦

2019.2.15

廊桥遗梦

一块烧饼也要掰成两半个
外甥和舅，好成一个头
我就是其中一个

记得老舅带我进城去剃头
摆渡过缺口
小人也有小小的梦
落水被流走

记得老舅送我进城去读书
水泥大桥过缺口
桥上遇雨无处躲
梦被雨湿透……

欣喜廊桥出缺口
打着灯笼，再也照不到舅
梦碎苦泪流

2019.2.17

解放桥

新中国在古运河上建造
第一座钢筋混凝土大桥

从此，古城东大门唯一通道
告别船篙，告别水上漂……

你牵手东西文昌通衢
从古看到今的唐宋元明清
都在这条路上闪耀

桥的两头又筑亭双双
维扬气派，典雅风貌

鸟瞰这条穿城而过的玉带
你担当佩扣一枚，拴紧扣牢

2019.2.20

普哈丁墓园

伊斯兰教风格筑园
安寝于古运河东岸

从河边拾级几十级石阶
了却墓主人居高望远心愿

墓园已近千年
文化使者，风采依然

每每夕阳西垂
依稀望见你捋须笑颜

脚踩古运河波涛
西望阿拉伯河船帆……

2020.6.4

耶稣堂

一幢面朝东的西式建筑
屋顶竖一个十字，标志出你

无邪无吺，善德为尚
有益身心修养
也是一种文化现象……

一座至今保存完好的天主教堂
见证：中国人胸怀何等宽广

2020.7.2

马可·波罗

世祖忽必烈封你什么大官
记不清了

大元朝疆土广袤
你来到一个小小城堡
读她的每条街巷
听她的民歌民谣
游城里密如蛛网的水道

惊呼：太美了
不在威尼斯
也在威尼斯
东方威尼斯

至此，你架起三座大桥
欧亚大桥
意中大桥
扬州威尼斯大桥

转眼，几百年过去了

古城仍惦记着你
一位曾在这里为官的外国人
专门在东水关建房造屋
收藏你在中国十七年的
音容笑貌……

还将你第一次策马扬州的英姿
矗立城门口
千秋光耀

2020.7.1

河边榨油厂

芦席大六个繁体字
苏北植物油厂，横刷围墙上
厂门口，古运河为其壮观

榨出的菜籽油黄豆油芝麻油
汇聚成另一条河
装上船，流向四面八方

伢子喜欢的是那只震天价响
感谢它每天准时引颈
报晓周边所有的村庄

司晨呼唤，催工人进厂上工
顺便叫醒乡下读书的小儿郎
天快亮了，快起床……

谁说好事不出门？
从未谋面的一只小小汽笛
竟也让人终生难忘

2020.6.5

蛋厂追忆

二畔铺给人印象一个字：穷

解放后，开了个蛋厂
穷人进厂做工

蛋厂只取蛋清，不要蛋黄
乐得伢子天天厂门口排成长龙

个个带只洋瓷碗，一分钱
端走两盏能吃的红灯笼……

2020.6.6

便益门桥那个地方

老地名叫：善报庵
左右都有渡口
远是远了点，都能看见
南边东水关，北边五台山

尽管当时时间还不是金钱
近在咫尺的河对面
总不能天天绕北或绕南

便民积善，船家摇来一条船
两人前后撑篙
时而停东岸，时而靠西岸
船船都是笑脸……

到后来，时代变迁
善报庵摆渡，离休
便益门大桥，接班

2020.6.6

遥远的吆喝

还记得那年刚刚夏至
突然冒出一种陌生叫卖
扬州夏日之门，就此旋开——

这是一支庞大队伍，无处不在
他们背只小木箱，手执小木块
有板有眼，拍击木箱盖

毫不逊色戏台上鼓点气派
那句吆喝，正好当唱词
叫卖，也能叫出歌者风采

真可谓：浴火藏冰
橘子、香蕉、牛奶
捧给你一个清凉世界

还想听吆喝？只好由我替代
勒紧嗓子：马头牌冰棒——
冰棒——马头牌……

2020.6.9

人生五步棋

人生如棋局　不只输和赢

——古语

人生轨迹，不因人而异
每个人都是五步棋

一步棋：学步落地
父辈兄长搀扶你
棋子摇摇晃晃，漫无目的
不知要走去哪里

二步棋：学子之旅
众多老师接力护佑你
小学至大学，爬十六年登山梯
才得以穷目千里

三步棋：成家立业
和谐社会张开双臂接纳你
宽容新人，落子可悔
任你闯出一片崭新天地

四步棋：果敢博弈
壮牛一头忙拉犁
终年不卸轭，夜幕不歇蹄
收获二十年的人生黄金季……

最后一步棋，不将军别人
也不将军自己
尽享儿孙天伦乐趣
古稀不稀奇，轻松跨耄耋

2020.6.26

老皮匠

换拉链，缝鞋帮，钉鞋掌……

从小皮匠、大皮匠喊到老皮匠
喊走他全部韶光，却喊不走
专程赶回来修鞋的拨拨老街坊

社区都是他的家，像个老家长
他的路，全交给来修鞋者代劳
一辈子在这里摆摊，人熟地荒

日子难免有磨损，为民壮行忙
老人脸上，天天开太阳

2021.1.5

废品收购站

人无贵贱，人要有主见
不同于所有商家营销
本店，只买、不卖，权作货栈

也不当坐堂老板，走街串巷
去叩动古城每户门环……

熟悉街巷如指掌，闭目可辨
车把上那面小锣一路替他吆喊
全城人都懂：收破烂

废品里商机，又苦又累又烦
他说：为挣钱，别人不干我干

车踏春风还，心有鹿撒欢
破旧小锣虽不能拽二万，老家
已盖起小楼一栋，上下六间

2021.1.5

烧饼店

头一天晚上发面
凌晨三点点火、生炉
五点，准时拉开门帘

一块烧饼夹根油条
外加一碗不加糖的豆浆
老百姓吃不厌的经典早餐

老板还悄悄对我言
回头客和新客，都不可小觑
误点，财神就走远……

2021.1.5

亨达利

大街上车水马龙，喧嚣一片
店内却静若禅观
柜台内坐着店老板

眼戴放大镜，全神贯注
为不爱纽扣的人，上紧发条
修理老时间

2021.1.6

卖鱼人的钱

都嫌卖鱼人找回的零钱
潮兮兮的，甚至还有鱼腥味
即便是硬币，亦如此

卖鱼人也成了鱼，离不开水
我看见他们挣得的每一分钱
都是从水里捞上来的

2020.6.17

搀　扶

有一种不易看见的善举
你搀我，我搀他，他搀你
搀出气节，搀出美丽

被搀扶者不必感激涕零
学会帮助别人
就等于搀扶自己……

国字框玉，美德之一
中华民族就是这样一代一代
搀扶过来，走向胜利

2020.9.12

一棵棕榈树

刀砍斧劈的崖壁，陡立
你居然在上面萌芽、放叶

尽管一半根须，完全裸露
悬在半空，随风摇曳

另一半根须，施展求生绝技
拼命抱紧崖壁上每条缝隙——

立身何处？纯属天意
生存之道，全靠自己把捏

你在崖壁上撑开一柄绿伞
我却看见一面生命的旗……

2020.9.19

长河日夜流

说你是长龙落地
遇河，入河；遇江，入江
一条大动脉自北而南流淌

长河长，摘得天下第一桂冠
五大水系在其流淌中
牵手连网

时弯时直，贯通六省市
兴旺了两岸城池、村庄
就像银河边的星辰，璀璨闪光

长河忙：民运漕运，南来北往
两千五百年，帆樯浩荡
犹如千里水上街坊……

至今，每滴水依然清澈透亮
南方人眼里：北方飘来的长绸
北方人眼里：一条水路抵苏杭

总念念不忘挖河人的大恩大德

为你打造造福于民的品格

和中国形象

2020.11.30

河边守望

总爱徜徉古运河边
从如诗如画今日美景里
翻找那幅老画卷

闭上眼就能看见
蜂拥的东关古渡浮桥上
一位背着书包的乡下娃娃
穿件时襟开衫

这位少年我认得，叫小狗子
他连走带跑赶时间
脚上那双布鞋
早已前露生姜，后露鸭蛋

毫不在乎，笑嘻嘻
光脚也要攀爬这座山
那少年今天就坐在古运河边
闭目翻从前——

再翻也翻不回来的童年

不论家境贫富

都那么美好，阳光灿烂

2020.7.3

见过古运河底

不知道什么原因
那年冬季，枯水期

古运河水竟枯到了河底
满目杂物、乱石、淤泥
只剩下一弯细细溪流
石缝中自言自语

渡船，岸边搁起
浮桥，早就撤离
几块跳板铺于乱石之上
供路人走来走去……

小小年纪就碰上这千载难遇
催我及早明理：扬州是水做的

2020.7.13

古运河水流向

童年的这堂课
是一幕幕揪心地悲伤

过摆渡失足落水的人
都流去渡口南面很远地方
极少几个侥幸爬上岸
多数都溺水身亡

获取知识的代价，如此高昂
以先辈的生命，永不会忘：
古运河水自北而南流淌

2020.7.12

轮船·码头·学生

难怪将你喊成小火轮子
就像几只火柴盒
漂在古运河上，随波摇摆

许是身后有壮观的吴道台
轮船码头小得像农家土灶台

这拨被南京录取的少男少女
就像火柴盒里一根根火柴

他们个个红光满面
不整齐排列，散落星辰
满船笑语随风飘远……

小火轮驶出瓜洲、逆水向前
又一批少年走向世界

2020.7.7

运河纤道

木船，原本就没有螺旋桨推进
顺水，轻松摇橹、偶尔撑篙
逆水，全靠纤夫一双脚

就像七八头壮牛排成一条龙
背纤板当轭头，个个躬着腰
犁波耕涛……

日子，终被踩出条不是路的路
运河多长它多长，像根绳索
就当结绳记事，留个记号

古运河上造桥者清楚
贴桥桩先造天下第一窄桥
——月牙廊道

2019.2.18

古运河船歌

既无险滩，亦无急流
古运河也拥有一支古老船歌

船上一张张笑脸
划桨的，划着这支歌
撑篙的，撑着这支歌
摇橹的，摇着这支歌

连背着葫芦的船上娃娃
也知晓快抵城门口
又蹦又跳又拍手
小脸漾出这支歌……

不唱出声来的船歌，窖藏老酒
顺水船唱着这支歌
逆水船也唱着这支歌
——《万舸下扬州》

2019.11.12

运河渔火

小时候，也曾见一条小划子
像片竹叶，漂在古运河上
渔妇荡桨，渔夫撒网

为赶早，男的顾不上洗脸
女的顾不上梳妆
天酬勤，半篓鱼、几只河蚌

夜深，那盏渔火依然未眠
男的在船头搓绳
女的在岸边补网

卑而不怯的微弱之光
揭示：渔家每天的彩色挂历
至此，还未翻过去今天这一张

2019.11.18

运河鱼塘

昔日古运河里也有鱼塘
不栅栏，也不支网
专业户：金家宰牛坊

他家每天都要来到河边
清洗被屠牛的内脏
鱼得美食，你夺我抢

天长日久，野生如同家养
时辰未到，就来周边守望
单等盆筐入水，餐馆开张……

趣的是，鱼们也有规章
大鱼吃饱喝足离席
才轮到小鱼来收拾残羹剩汤

2020.7.14

运河漂来一支歌

我站在古运河畔
遥望那远去的波浪
像又看见漕运船队长龙
从脚下流向北方——

金秋十月，天高气爽
我依然站在那里眺望
游船、花船、汽艇，穿梭来往
尽享一河欢乐吉祥……

千年时光，只在眼前一晃
昨日潮涌，推波助盛世
今日浪花，逐梦醉故乡

2019.10.12

网，撒错了地方

在偏离城区较远河段
有人悄悄在古运河边撒网
报应：十网九空

手中的这一网，像有报偿
又沉，又重，不动
网上的是一节黑咕溜秋树桩

撒网人苦笑圆场：
能省下几十块蜂窝煤
晒干，劈柴塞进锅膛……

大人们拉不下脸，伢子敢讲：
活该，这里本来就不准撒网

古城的未来，有希望

2020.9.18

扬州也水乡

虽居大江北岸
拥有条条水道成路成网
却也江南水乡

西有二道河
北有护城河
东边南边，有古运河水荡漾

城中，还有汶河、小秦淮河
将小城分成三块长田沃壤
——城东，城西，城中央

三块大田都很肥沃
不种五谷，专长民宅民房
不垒田埂，纵横开街筑巷

风和日丽天，月若银盘
更出如云窈窕淑女 和
富甲一方的各路盐商

哦，古色古香了两千五百年
繁忙，古运河千帆竞发
悠闲，瘦西湖船娘摇桨……

难怪诗人徐凝，出手阔绰
将天下三分明月
二分洒在这块土地上

2020.10.19

岁月钩沉

面对西垂夕阳
独坐河边凝望
钩沉近百年沧桑——

抹不去的记忆
能将昨天、今天同时叠印
杂乱河沿，变成玉石长廊

古老的是古运河河床
每滴河水都是新的
古老的是两岸垂柳行行
柳条、柳叶都是新的

古老的是古城的名字
春笋般楼群都是新的
唯老街老巷老宅，老窖典藏
越陈越香……

也借清澈河水凝望自己模样
满头白发云冠，人老了

微笑是新的

2020.11.7

漫话乡愁

乡愁不是一顶帽子，信手拿来
戴在故乡的一切人和事上

乡愁是忧伤，痛不欲生
余光中痛出的一座矮矮坟墓
催人泪下，悲恸断肠

乡愁乡恋乡风乡俗乡规
各不一样，岂能一愁代庖？

汉语走到今天，闪亮铿锵
"母亲在里头，我在外头"
乡愁，愁出了绝响

2021.1.22

帆

旧日，每天日暮前
古城都要翘首南北顾盼

望那成群结队
插入云际的翅膀
沿水路飞来身边

都不是归来雁，是船鸟
常年爱来这里流连
因为，古城没有冬天……

2019.11.16

大水湾

头湾，还是被喊成了湾头
照此，你的名字该叫湾三

没喊，仍叫大水湾
古运河在这里要拐个大弯

弯出一道彩虹般的弧
弯出古城东南角这把
硕大、永不收拢的折扇——

先民择此造船，设苦力脚班
各业跟进，像庙会般……

如今，旧貌早换新颜
扇面上车水马龙、河滨公园

日出一湾金，月夜一湾银
鸟瞰大水湾，折扇顶端那条
精美镶边

2020.7.13

两条老街

荡桨河上，不会作诗也能看出
两条老街，隔河相望
恰似古运河一对长桨

双桨落地成街
桨的功能未忘
随历史长河而下，点波击浪

划过宋、元、明、清
划过民国
才划来五星红旗飘扬——

如今，东街完成了华丽转身
彻底更装，绿荫掩别墅
河边踏长廊……

西街依然天天过年
不光为领略风采大唐，歌唱
中国还有如此美的这块地方

2020.8.23

两条小街

几乎在同一条经线上
一条，由南而北
一条，由北而南

街口，同临一河流动的水
你看我，我看你，相依相存

一年之计在于春
一日之初在于晨

南街长，是分针
北街短，是时针

两条小街生命的钟
永远指着早上六点整

2020.8.10

两条上下街

站在下街望上街
上街是天街
像是一根负重的扁担
弯弯
一头挑着御码头
一头挑着问月桥

站在上街望下街
下街也是一根弯弯的扁担
且是根元宝翘
挑的都是些花花草草
冶春茶社在身边
香影廊在身边

站在古城墙上望街
又一鲜活意象扑面而来
——笑口常开
上下街美成两片薄薄的唇
嘴角一抿，妩媚天外

2020.9.6

两条短街

都像圆括弧的左半边
方位：都从东北至西南

一条括在辕门桥
一条括在琼花观

全然不顾街名含义
罗湾街无水，犁头街无犁

尽快让商贾抵达关口报关
括去左拐右转，括来彩虹一弯

也有人读出古城的两道美眉
还有人读出鼓满西北风的侧帆
都对

2020.9.2

两条长街

俯瞰古城交通图像
迎面扑下一张大网

这两条街，一条纵贯南北
一条横陈东西
又粗又长，拴街拴巷

交汇处，高高文昌阁塔楼
当是这张大网之纲

巷通街，街连巷，无处不达
网住便捷，网住吉祥
纲不举，目也张

如果不将所有街巷比作网？
无碍，这两条长街也称得上
敢挑重担的两副铁肩膀

2020.8.16

扬州人好

不卑不亢，不骄不躁
不富也不穷，见人一脸笑

一身打扮得波波俏俏
待人接物，有礼有貌

做人诚为本，望重德才高
家传自小，心中记牢

既要像泉水一般清澈
更要学大山挺拔峻峭

扬州人宁可委屈自己
也不损害他人分毫

2020.12.10

扬州景好

北京的白塔，扬州有
南京的秦淮河，扬州有
镇江的金山，扬州有
杭州的西湖，扬州有

花轿的五亭桥，只有扬州有
桥上建文昌阁，只有扬州有

2020.12.10

扬州河好

古运河是大运河之母
宽阔运河右岸，窄窄古邗沟
是大运河舍不得剪去的脐带

入城的大运河已拐了十个湾
汊河又牵着运河拐三拐
这就是著名的三湾滩

湍急流水到此成了扬州慢
乾隆都从这里下江南

2020.12.10

扬州山好

扬州并非一马平川
北郊就有蜀冈，东西向
两座古刹在绿荫中藏

蜀冈蜚声海外之一，缘于墙
冬挡北方寒流横冲直闯
夏兜小南风，回城里徜徉

有山不在高，实用为上
古城才永享冬暖夏凉

2020.12.12

扬州水好

扬州美，美也美在扬州的水

清清冽冽，甘甘甜甜
说是琼花仙子从瑶池偷放的

琼浆玉液滋养这座城池
扬州，才有不落的二分明月

这块自古出美女的土地
如同荷花绽放在荷田里

扬州人轻声说话软软的
好像也经泉水滤过的……

2020.12.12

扬州地好

虽然位居大江北岸
世人却将你划归长江南

精心比对仔细掂
扬州，不是江南似江南

人文景观，媲美江南
历史厚重，媲美江南

山石园林，媲美江南
小桥流水，媲美江南

春雨霏微日，小巷深处
也有一行行妙龄打雨伞……

2020.12.12

老虎山

分明叫卧龙山，一条山丘
自西而东、由低而高
龙尾在凤凰桥
龙头在高桥

有个名叫徐老虎的地主
霸山为主
不准放牧
不准上山割草

祥龙归恶虎
人们恨之入骨
众口调侃嘲笑
孰料，喊出名了——

如今北麓：石油勘探
南麓：阳光水岸
老虎山路是条宽敞大道
汽车在老虎脊背上奔跑……

2018.11.30

五台山

几乎没有高度的一脉丘陵
说是开凿古运河弃土堆成
蒙先帝巡寺才远播名声

山不在高，有庙则名
庙不在大，心诚则灵

从洼字街西段向北望远
香阜禅寺藏得深深，僧人
每天要骑马来关开山门……

庙宇也有不测风云
几度辉煌全都化为灰烬

唯两棵银杏见证你未辱使命
昔日建寺院，普度众生
今日办医院，治病救人

终于读到你心中的高度
德为本，善为本，人为本

2018.11.28

蚕种场

五台山像是生活中的万花筒
时光荏苒
转出一幅幅不同的画

最先是古刹
后又转成屯兵、自来水厂
现在是医院，满眼白大褂

其间，亦曾转成蚕种场
湖桑满山洼
养蚕不为收茧花

张张蚕种纸像片片彩霞
飘至千户万家
蚕茧如山，丝瀑跌崖……

汇入海上丝绸之路
是商品，也是奇葩

2020.7.16

五台山大桥

说你是昔日的那条摆渡船
长长，长宽
倒扣在古运河上
船头搁在东岸
船尾搁在西岸

与时俱进
木板长成了水泥板
龙骨长成了钢梁
两舷供人扶手的木栏棒
也长成了不锈钢……

几位土居老者左端右详
评价一个字：像

2019.2.19

高 桥

砖拱结构，桥与路平
——高桥不高

西拂漕河水袖
东听古运河波涛
南牵运河街
北抵大王庙

特殊的地理坐标
重任重挑
漕运起点，南巡御道……

高桥就像是一只黄鹂鸟
不鸣亦名，不飞也高

2019.1.16

五亭桥

怎么看，都是一顶五亭花轿
从天而降
坐落瘦西湖上
一经站稳，就不走了

这里白塔流云，法海寺庙
凫庄凫鸭，风景独好
干脆，拆除前后轿门左右轿帘
架设上、下坡道
——花轿成桥

红盖头早被掀去
轿的功能依旧，每天接待无数
曾经和未来的新娘新郎
来这里绽放微笑……

五亭桥是桥，也是轿

2019.5.24

大虹桥

将天上那一弯长虹
搬来这里，跨湖生根
一座桥，浑然天成

桥下，船娘摇橹
桥上，人潮翻滚

一经读出你文脉深深
年年修禊，虹桥诗魂

又像佩挂胸前的那把长命锁
美了瘦西湖这座风景城

乘船而来的游客穿桥过
触景生文：何止美不够？
锁孔是城门……

2019.6.1

问月桥

横在玉带河上问月
问了百多年，无一回应

将问月功能单一，飞来神韵
年年望得月新月明

每每月中天
汶河成了长长的穿衣镜
月，对镜梳妆、正冠衣襟

也有赏出月入瑶池
好一身玉洁冰清……

唯哀女长叹，叹出一抹愁云
遮住她天上的那颗心
香帕成泪巾——

问月桥上望月
各望各的月下情

2019.5.25

二十四桥

美成了一只诗的彩蝶
自大唐亮翅，精美绝伦

古城确无此名之桥立身
经杜牧揉进青山碧水白云
羽化而成——

不管你虚拟还是实指
都无损、无碍千古名句
万古传承

信由你缥缥渺渺。浮浮沉沉
月下，总能听得玉人箫声

2019.5.30

报春花

冰凌还在河里漩舞
小胳膊就从石缝里伸出——

借助抔土之力
小喇叭吹得嘟嘟
吹出一湾湾金色星湖……

报春花：春天的第一串音符

2019.3.2

栀子花

品格并不低下
凭一身质朴走遍天涯

废弃搪瓷盆里也能安家
香不袭人，淡淡雅雅
一门心思奋力开花……

栀子花：最爱村姑鬓边插

2019.3.3

茉莉花

全世界都在将你两个版本吟唱
快节奏的爽朗，慢节奏的悠扬

不在乎闲言"小人难养"
并非摘一朵，来年就不发芽
入盆离地，气断身亡……

茉莉花：爱在希望的田野上

2019.3.4

宝塔花

还衍生出端午景、豆腐花
蜀葵站立门旁，护院守家

未开花时，形同向日葵
一朝花开，分出天下
百盏小红灯笼茎秆上挂……

宝塔花：挂出座座花宝搭

2019.3.5

白兰花

玉立出枝枝丫丫
颇有点小圣诞树骨架

名贵，亦无须呵护有加
花香沁透你心底每个旮旯
唯越冬不能放置雪下……

白兰花：娇滴滴一个小丫

2019.3.6

兴化的垛田

一锹一锹，从水底掘土取壤
堆垛造田，里下何先民独创

置身水网而不束手
都有曼妙弧线勾边勒框
年年垛出四季画廊

最是四月油菜花的黄
无数块金匾连成金海洋
远处村庄船队，乘风破浪……

勇者：虎口拔牙
智者：水口夺粮

2019.4.26

垛田四月

那年四月，蝶飞鸟唱
垛田也如期将花季绽放

一块块垛田像匾像筐
都堆满了金子
气韵生动，线条流畅

面对这片难得一见之美景
诗人眸子突然一亮
他捕捉到了大美意象——

风让所有油菜花地扭动腰肢
无伴奏，也悠然左摇右晃……

2019.6.21

宝应的藕

赞美荷花的那句话，够经典
你有过之，不出污泥也不染

厚厚淤泥铺就松软荷田
任莲子生根拔节，撑出绿伞
你在泥肚里悄悄长粗长圆

踩藕装船天，满目诗篇
遍野又白又胖天赐小臂膀
托起荷乡蓝天一片……

也曾托出一个二妹子，歌甜
一张嘴就《九九艳阳天》

2019.5.1

高邮的麻鸭

与其他地方麻鸭并无二样
下蛋，高邮鸭自有主张

不为标新立异
不为逞能好强
也不为谋求鸭中称王

又是小鱼小虾，又是螺蛳河蚌
为报答几代人精心育养
当偿还主人花去的日月华光

只要将每个薄薄椭圆轻轻敲破
都会同样流出太阳和月亮……

2019.5.2

邵伯的菱

说你骑着毛驴吹喇叭
名声，出了县城又出省

四个角尖微微弯钩
菱老，蒂落，下沉
等立春，将河床当枕——

慕名者曾将你移种他乡
并不怯生，菱盘又大又嫩
菱米的味道却变了更……

都说一方水土养一方人
谁料，老菱也当真

2019.4.20

古运河棹歌

小时候，爱抱住妈妈的一条腿
妈妈的腿是靠山，是屏障

老来爱抱定一条河，歌唱
脆嘣嘣扬州小调，越唱越靓

像条长长的丝带，长河长
串一路城池风铃，无风也叮当

又像万台古琴，排成仙鹤一行
流水是琴弦，船帆是弹片
琴瑟和鸣，天乐流淌——

摇橹湾头，船家眉梢上扬
过了三湾滩，瓜洲入大江

2021.11.10

古运河日记

风吹涟漪，波碧浪叠
是谁又来翻读古运河日记？
翻得如此典雅如此仔细

一页页，一行行，整整齐齐
完好保存的历史记忆——

开篇：千千万万劳苦河工
一锹一锹，流汗流血
挖出的人间奇迹

从此，地上也有了一条银河
似天女垂落的水袖，一袭千里

2022.1.15

古运河的品格

古运河念恩，不忘自己
是千千万万劳苦河工
流汗，流血，甚至付出性命
一锹一锹，挖出的人间奇迹

从此，地上也有了一条银河
似天女垂落的水袖，一袭千里
自北而南飘去——

世人也没忘记，那年长河断流
断得如此离奇——晾晒河底
无水之河，了无生息

然，细察淤泥、乱石缝隙
几缕细流，脚步从未停歇
路遇沟坎，泪帘垂滴
古运河在哭泣……

2022.1.15

一张老照片

摄影师站在洼字街最西端
李氏犁头店门口、河岸边
镜头与对岸老街稍稍偏北一点

照片下方是向南流淌的古运河
对岸码头、城门、城墙尽现
如河人流，又涌眼前

城门内，街南那家豆腐店出锅
城门外，砚池街紧挨城墙蜿蜒
古城老街闹市，天天像过年

真想借一支竹笛贴唇边
释放满心喜悦，先吹《喜洋洋》
再一曲《平沙落雁》……

老照片虽有些泛黄，记忆全新
真真切切，丁点未变
东方第一大都市东大门景观

2023.3.10

东关浮桥

四条木船、四块跳板连锁
对船而言，两横＋两竖
两岸两块跳板搁船，浮桥成路

东城东郊生存大通道，架铺
进城的和出城的都背锣扛鼓
背来鸡鸭果蔬，扛回盐油酱醋

最是黎明时，粪挑出城成队伍
肥是农家宝，争先迈急步
号子一条声，腰腿劲更足……

自打钢筋混凝土大桥亮虹
千年浮桥不浮，两岸码头如故
为念恩，权作印章留注

2023.3.10

遥望·观赏

站在古运河畔
遥望那远去的波浪
依稀又看见漕运船队长龙
从脚下游向北方

正值十月，天高气爽
依然站在那里，观赏
汽艇穿梭，花船列队
欢声笑语，围着古城绽放……

千年时光，眼前一晃
昨日潮涌，推波助盛世
今日浪花，筑梦醉故乡

2017.7.16

浪　花

古运河里没有大波大浪
终年风平浪静，平和风光

古城也跟母亲河一样
声轻俚语软，笑脸迎四方

好地方。自古佳丽上榜
说美女是水做的，诗人遐想

大街小巷的河里，一张张笑脸
不正是一朵朵美丽浪花？像

2021.11.18

读　河

常去古运河边踏堤探秘
读它跨越千年，仍在花季

这几年，越发俊俏、美丽
驳船，劳它托举
游艇，借它开犁……

人生易老河不老，看鸥鸟
正从河里叼起一条鱼

2021.11.27

我的小学

长而不宽的一幢三层楼房
矗立古运河旁

每间屋都统一样式，从河西望
一条船，船上堆满了集装箱

是像条船，不是集装箱
长框是舱门，方框是舷窗

少年纷至登船，读书操桨
准备去知识大海远航……

2021.12.6

乘小划子过河

汛期的古运河渡口，浮桥撤除
两岸，全靠一条木船来回摆渡
渔家小划子，也挣钱穿梭

登小舟，摇晃颠簸，心里哆嗦
过河人完全听从渔家吩咐
端坐，大气也不敢出

小船逆流而上，双桨飞舞
冲浪河中央，拐舵
边退边朝对岸挪步……

花钱乘小划子过河，不冤
也乘得一生醒悟：
翻山要明山道，行水要识水路

2022.1.10

河边同学会

岸边旧屋，全变成崭新楼群了
那艘小学的船，也真的开走了

耄耋之龄，人已残阳暮垂
真没想到，还有幸聚首相会

儿时的稚嫩童颜，早被风吹
唯两扇心灵的窗户，未蒙尘灰

记忆是新的，一旦目光交汇
脱口而出对方姓名，无一错位

天南地北转了一圈，一滴水
终又流了回来，真乃苍天恩惠

河边同学会，乐极不生悲
效先辈，残阳也余晖

2021.12.9

用河水研墨

家住古运河边的一位老人
从小就用古运河水研墨
冬练三九，夏练三伏
毛笔字自成一格，灵而不拙

童子功力，入心、入骨、入魄
胸中有古运河气韵垫底
眼中有古运河波峰浪谷
笔锋，遒劲出古运河磅礴……

不用墨汁，仍以古运河水磨研
一位书法老者在河边种墨
一头老牛不肯停蹄歇足
只顾拉犁，不计收获

2021.11.30

这段古运河

湾头至大王庙这段古运河
两岸庄稼人，再熟悉不过了
四季风景，全由他们打造

最是烟花三月
运河水浇出的两岸金黄
油菜花涌出大海般金波金涛

这段古运河，纯朴得像众村姑
鬓边不簪花，齐刷刷
化作帆影移，潇洒水上漂

波荡小曲，涟漪微笑
再拐一个弯，逐浪心潮
东方威尼斯，即到

2021.12.2

都是一滴水

喝古运河水长大的人
都爱把自己比作一滴水
涌泉之恩，只滴水相报

流淌着古城的风花雪月
流淌着古城的日出日落

从古至今，一代又一代人
流走了，他们用汗水和智慧
美了这座千古城堡

明天，子孙徜徉这幅山水画稿
依然是一滴水，水墨微笑

2021.11.16

此景只应天上有

刚跨进元旦门槛
就急着扳指头盘算——

不盘雨水，也不盘惊蛰
盘算心中仰慕的三月
舒心、抒怀、明媚的春天

古人唱出的那首千古诗句
如今万人混声合唱，唱和弦

三月烟花，艳出绚丽光环
大唐老街上又要过大年
古运河又有新柳帘镶边

和煦三月，璀璨又养眼
古城又要美成一座座大观园

城里城外，人们笑逐颜开
各色衣衫、太阳帽和太阳伞
成线成片，涌入画卷……

鼠年剩个尾巴，牛年三月还远
日子，也不可能遂我心愿缩短

咋办？泡壶绿茶耐着性子，盼

2021.1.8

四季扬州人

扬州人春天是花
就是那朵美丽的茉莉花
芬芳了脚下的土地
也香飘海角天涯

扬州人夏天是风
小南风吹遍了旮旮旯旯
恰似轻摇芭蕉扇
为你清凉度夏

扬州人秋天是云霞
爱乐乐团总谱在天上挂
正演绎小城的故事
唐宋遗址，运河人家……

扬州人冬天是瑞雪
又将童年的年粉泼洒
悄然无声不留痕
古城一夜变成了童话

2021.4.13

扬州出美女

相貌是硬件，无以更弦
内涵乃软件，美之标杆

从小惹人爱，就像小荷露尖尖
读书读成学霸，也不鼻孔朝天
料定：茅屋藏娇，出身苦寒

倘若张口放牛场，秽语粗言
嗓门如雷，走起路来两只脚
鼓槌擂鼓般——
粗坯粗料，何塑人间天仙？

更何况，琴棋诗书画吟舞
又耕得几分荷田？
别以为识几个字，背几首诗
就能戴上美女桂冠

嘴边上美女缺钙，立不起来
美女不是玉耳环，想戴就戴
天生和后生的都是先天

就看能否美成一根水平线

并非刻意藏匿、秘而不宣
瞒不住也掩不了世人慧眼

扬州小巷，人杰地灵风清月明
走出一拨拨佳丽，如仙女下凡
一袭旗袍裹出风姿绰约
款款踏上红地毯……

回眸丢下一笑，权作附言：
不是雨巷江南，不打雨伞

2021.4.15

悄语北湖

不是我老态龙钟，迟钝、踌躇
三十年前就来你身边采风
只是雨季，你被裹着蒙蒙的雾

今朝雾散天开，尘封尽除
你吟，他哦，人见人歌
唯我，没找到独特视角切入

诗不负我，久思终于挂果
欣然走笔，足蹈手舞
一任诗情、友情喷吐——

写你的诗，是晚了点出炉
点赞，不受时间禁锢
悄悄跟你打个招呼，对不住

2022.5.9

北湖锣鼓

终于被人们认出你来了
半空中，鸟瞰北湖
古人留下的偌大一整套锣鼓

湿地是无际绿地毯
大湖是沙锣，栈桥是锣槌
一声锣响，满湖芙蕖竟铺

大洲小渚，绷成一面面鼓
鼓鼓围在沙锣麾下，槌起落
鼓声如雷，钻进云肚——

大小水塘，星罗棋布
脆脆的小镗锣，不卖糖
有板有眼，合着节拍蹦跳踩谱

风车是竖起来转动的吊镲
座座磨坊是一对对铜钹
沙球信手可摘，藤藤挂满葫芦

哦，沙锣一"哐"，天惊地怵
鼓点、雨点，不必也无须清楚
肚脐眼点锣，攒着乡恋脚步

荒湖边那间孤零零茅屋
并非闲置，亦非多余
司锣者工作室兼住处……

岁岁年年，敲锣打鼓
敲来风调雨顺、日子富庶
更敲醒文脉之笋，赓续破土

一方水土都有自己的一本书
北湖脱颖而出，先贤开路
北湖锣鼓乐团，不废千古

2022.5.7

北湖画廊

真乃天赐天降，公园美成画廊

归来，窗前捧壶小茶
心又北上，闭目云欣赏
整幅，条屏，横幅，斗方
以诗题画，北湖笑铃起首章

遍地都是形状各异的镜子
统一镶嵌翡翠边框　　　　　　　〔北湖印章〕

塘塘芦竹，新芦短短长长
芦笙响，飞出百鸟几行　　　　　〔北湖印章〕

哇！那棵罕见的钻天杨
独木无二，无枝无杈笔直向上　　〔北湖印章〕
树冠上那个喜鹊窝，随树长
酷似一大泡牛粪，耸立云端　　　〔北湖印章〕
儿时就听说是天牛遗矢，真像
众人举相机，追逐童年时光　　　〔北湖印章〕

七千多亩地，不垦不稼
盛产氧，世代守望 〔北湖印章〕
胸闷者至此，欣喜若狂
展臂仰天，大呼天堂 〔北湖印章〕

未料及，柳湖也爱芙蕖美
捧出一湖荷香 〔北湖印章〕
荒湖不荒，游船早列队
船娘们正在咿呀练唱 〔北湖印章〕
栈桥恰似长长的臂膀
游客在荷田中徜徉…… 〔北湖印章〕

画廊还长，择几幅分享
北湖湿地满湖诗情画意
纯天然，无须粉妆 〔诗者印章〕

2022.6.15

捡到一根喜鹊毛

在北湖，我捡到一根喜鹊毛
就是从那喜鹊窝里飘下来的
看着它转着飘呀飘……

捡起来一看，还真有点意思
跟我头上的黑白完全颠倒
喜鹊毛黑多白少

2022.6.17

微型游湖车

北湖美景，眼底一一尽收
却不能将温驯的小黄马带走
小黄马只在湿地公园蹲守

想牵就牵一匹，缰绳自解扣
漂亮小马驹，驮着一家三口

路上想停就停，想遛就遛
想弯就拐，全听你吆喝

又哼起当年唱红马玉涛的那首
《马儿呀，你慢些走》……

行动不便者特别开心：有腿喽
这里也是大美中国一角
再游一个北湖，也不用发愁

2022.6.19

观荷台

柳湖边，筑一仿古戏台
台口朝湖，四角飞檐
临水三面，都装上了观赏凭栏

从未见，功能同戏台截然倒置
台上是观众，戏文台下演
风一起，《荷舞》翩翩……

刻意留出的那座栈桥通道
为方便观众走到荷花仙子中间
——合影留念

哦，舞为青绿，花为月圆

2022.6.18

告慰瘦西湖

别错怪他们绕过你径直向前
目光、车轮、脚步都向北走
蜂拥浪叠，喜新也不厌旧

北边那些荒湖柳湖荷湖
先你几百年，就拔得头筹
论理，你是新，它是旧

去的人多了，声音也就大了
不日，也会像你一样
美成古城掌上明珠一颗

北湖刚脱封尘
不像你早已风光、倜傥风流
敢比西湖瘦……

2022.5.8

扬一益二

成都一位老诗人从双流机场
直飞扬州，不为烟花
只为解读他心中的一和二

陪他游瘦西湖
不停竖拇指：美景如画

陪他逛个园
边逛边夸：竹石天下

陪他去看看三湾滩
大手笔：腾龙走蛇……

大饱眼福三日
惊喜，惊叹，从不惊讶
他有话：自古就"扬一益二"①

2023.7.11

①扬一益二：即扬州第一，益州（成都）第二。

题孙儿邮来的小照

虽求学大洋彼岸，拍张小照
也将几条垂柳头顶而悬
——故土是根，故乡是天

双臂环抱，目光炯炯
在读古运河
在读亲人的渴望和期盼……

小小年纪，风采可鉴
最珍贵的是那份赤子情感

2023.7.11

粤语·母语

移居南国大半辈子了
粤语操得滚瓜烂熟
老广味，老广腔，老广东
连普通话也听不全懂的老广东

回到生他的故土，梦牵魂绕
又喝到古运河的水
又拂到古运河边的柳
又吹到古运河上的风……

面对满桌维扬丰盛早茶
终于唤醒他童年的梦
脱口用母语呼出那句名言：
乖乖隆地咚

2023.7.11

梦里莲花桥

一位外地中年女子
被中央电视台广告美住了
梦里梦外都是这座桥
这回下定的决心用铁钉铆

古人骑鹤、她坐飞机下扬州
不逛老街巷，直奔五亭桥
哇！真的是天下第一
是桥，也是轿

早忘却自己掀过红盖头
管它，赶来就为上花轿
坐在轿里留个影，酷
再看广告，轿里有我了……

2023.7.11

又闻蝈蝈叫

好久没去老街信步闲庭
今日逛长廊，满耳蝈蝈声

叫蝈蝈居然也告别荒野，进城
不知是哭还是笑，振翅而鸣

被掳或被孵，已不重要
成商品，为古城唤来天籁之音

众人争购，也算头筹、好运
度夏，家家要开音乐厅……

2023.7.15

蝉

每年都在树根下泥土里脱胎
渴舔几滴露珠，饿食几片嫩叶
趁夜幕一步步攀爬，树干为梯

鸟是天敌，全仗树枝树叶隐蔽
入伏开鸣，欢天喜地
炎夏一直叫到秋凉，从不停歇

蝉非禅，却有禅意
走向终点也知而不了，很知足
下一代种子已藏匿地底

2023.7.16

蟋 蟀

黑褐色紧身外套，善蹦跳
昼伏夜出，磨翅鸣叫
月光下，如骨笛轻盈、飘遥

若将它们唧唧声穿成一串
又脆得像断索的玉珠落盘
这里的夜，分外静悄悄

不爱玩蛐蛐者，难见其貌
待秋末，荒郊，听它们叫声
唧唧——，唧唧唧唧唧唧
唧唧——，唧唧唧唧唧唧
撒出一串省略号……

2023.7.17

蒋王的葡萄熟了

无须再从吐鲁番空中架桥
蒋王培出多品牌葡萄

夏黑，就是其中一骄
汗珠换来的，一串串珍珠玛瑙

现代生活，就这么简单而明了
勤劳、动脑，想到的就能得到

2023.7.17

又得荔枝红

每每得南国荔枝一挂
总会想起为了杨贵妃能吃上它
跑死过多少匹马

如今时代飞驰，物运畅达
荔枝林就像生长在每座城市
摇红天下……

今日人民是江山，何等气魄
老百姓比贵妃娘娘还贵妃
想吃就信手拿

众人有话：荔枝不仅仅是佳果
更是一盏盏小红灯笼
挂满天涯

2023.7.18

邗江天象

人间有天堂，天上也该有人间
八十五年，终究被我找见
故乡的天外之天——

圆圆的土星是古城
邗江就是土星外围那圈光环
美丽，壮观，璀璨

站在高空往下看：扬州
一颗绿色、有生命的土星
向着太阳运转……

2022.11.20

瓜洲的由来

当初，不起眼的小岛一个
漂泊于一片汪洋之中
状若瓜纽

是倚仗大江这根粗壮瓜藤
趁势向北方舒姿展袖？
抑或大江南移，露礁现丘？

纵观江河湖海，皆同一窠臼
岛也好，瓜也好，海测图清楚
根系，原本就连着邗沟……

2022.10.26

沉箱亭吟

怒沉的是百宝箱
不沉气节不沉魂，以生命为锤
将警世之钟撞响

众口皆碑，碑出块块玉瓦金砖
如今，打造成八角形飞檐穹顶
远眺帽状，富丽而端庄

专程来，三分观赏，七分探望
小小弱女子激起的冲天巨浪
杜十娘，配戴这顶桂冠

2022.10.25

公道之道

镇名：始于清末
镇址：扬州北郊
公道人民公道，公道替天行道

阮元大学士衣胞之地，公道
走出一位扬州学派杰出代表
从政五十年，佐证他望重德高

后人在心中竖碑敬仰他
为官，遵天道而行
为民，讨人间正道

2022.11.21

邗江大写意

邗江有邗沟
夫差第一锹
挖出一条古运河
南延北伸
天上银河才落地流

邗江有瓜洲
——古渡渡口
大江从雪域走来，挥斥方遒
巨人般浩荡东去，两岸码头
是它敞开的风衣双排扣……

邗江有汊河
小镇牵着运河绕弯走
三湾滩成了"扬州慢"
急流弯缓，浪花弯丢
风鼓帆翼，飞舟

邗江有竹西
歌吹古扬州

而今佳处挤满路边店

恰似一台台新凿古琴抚春秋

快节奏，不揉也悠悠

邗江有北湖

阮元自称他北湖跛叟

一代名儒，三朝阁老，九省疆臣

北湖人守护湿地如爱牛

地球之肾，至今健美依旧

邗江更有一位张若虚

三十六行孤篇，全唐诗之首

不负春江花月夜

小酒一壶，举杯碰盏

你吟我哦，平平仄仄

邗江如此得天独厚，有缘由

古时的扬州就叫邗沟

2022.10.29

江河湖海

童嘉通诗草　诗随古运河流淌

第二辑

春天的脚步

如网的小巷，空空
繁华的老街，空空
川流的大街，空空

路上，没有小轿车轮子
没有电动车轮子
没有自行车轮子
公交车轮子也停止了转动

难道今年春天的脚步被锁？
春风又绿小草、吹皱湖水
春雨淅淅沥沥
滋润干渴的一冬

百多支医疗队向武汉进发
百多架次飞机盘旋武汉上空
十四亿人心中的脚步
都在向武汉靠拢……

白昼静悄成黑夜的中国

每个家庭都是一座堡垒
断绝病毒传播之路
蹲守，就是冲锋

抢救生命，镇定从容
足不出户，按兵不动
面对这场没有硝烟的战斗
才掂出举步，并不轻松

沉重方显本色，痛定思痛
一拨拨奋不顾身冲进武汉的人
他们个个是英雄

2020.1.30

撞响警钟的人

天不会忘
地也不会忘
当年地道战里那位老村长
大山一样
他以生命当钟锤
将村口大树上那口敌情警钟
撞响

山不会忘
水也不会忘
当今筑梦路上有位白衣天使
救死扶伤
也以生命当钟锤
将武汉上空那口疫情警钟
撞响

啊……
撞钟人有颗金子的心
胸怀大海般宽广
民众性命关天

天下健康而康
不愧为中华优秀儿女
民族脊梁

2020.2.9

逆行出征

死神用厚厚的病毒乌云
黑压压扣压在武汉上空
欲夺走武汉及周边全部生命

天上有太阳高照
光芒杀毒驱云
举国倾力
发出抗疫号令

一呼百应
全国一盘棋
任凭遣将调兵
346支医疗队
42000名白衣天使
奋不顾身冲进武汉
从死神手中
夺回数万鲜活生命

一幕幕送别场景
怎不令人泪湿衣襟?

子女送父母、父母送子女
孙儿送爷爷，丈夫送妻子
从全国各地开赴湖北
逆风而行
东征西征南征北征

当年没有目睹打败侵略者
今天，让你读懂真理
什么叫执政为民？
这里有全部答案：
生命重于泰山
疫情就是命令
防控就是责任

雷神山、火神山见证
十天建成两座医院
抢救生命的诊疗方案
一版接着一版……

这场战"疫"尚未结束
方舱休舱，部分医院常规运营
就像是风停了，雨住了
梅园的樱花也开了
天，还未全部放晴
整个武汉还在征战不停

历经过灾难的人
不惊慌失措
万事谨慎小心
医疗团队仍在日夜操劳
以命护命
他们每天匆忙的脚步
踏着一支最新版的大风歌：
前进，进！

哦，一场灾难
凤凰涅槃
验证一个民族铸魂
前仆后继
白色铠甲一身
同死神较量
这就是中华儿女
中国精神

2020.3.28

老人与夕阳

近黄昏，吊着点滴的病床
自东而西、推行在转病区路上
床上老人示意停一下

难舍这块生他养他的土地
怕这回在劫难逃
最后，望一眼故乡的夕阳……

许是感动了西垂的落日
那根划着了的火柴头
似乎重新点燃他生命的烛光

也就个把月，奇迹爆网
续闻、图片一并播放
老人果真独自下了床

一头银发，满面春风
真的成了一轮人间夕阳
龙托举，天使守望

2020.5.19

口　罩

以柔克刚
一方薄薄盾牌
足以抵挡新冠病毒
射来的箭镞刺来的矛

应对全球疫情大流行
也曾一罩难求
小小口罩
生命卫士
贴身保镖

2020.2.11

拱手及其他

老祖宗传下来的礼节
如今又时髦
本来就是足赤金子
一万年也金光闪耀

握手，多了几分言欢
相拥，多了几分心跳
碰臂，非常时期创造……

俯首、拱手、含笑
距离也是一种美
温文尔雅
你好，我好，大家好

2020.2.13

生命的重量

在这片土地上
不论哪个民族、男女老少
生命都重于泰山
在国之天平上
不会少分差毫

灾难测当朝，空话
只配在坟前当纸烧

康复人庆幸自己命好
面对每天一长串死亡数字
呆了——

惊之余，典当虚假信条
命都没有了
何谈人权稻草

2020.5.19

新冠病毒

妒忌人间美丽、富庶
毒眼又指人为木
都是一棵棵会行走的大树
根系泥土

你觊觎世界各处
瞄准密集的都市、商埠
疯狂毁林倒树
滥杀无辜

都说战争残酷
你这夺命不用刀的魔王
地球人并没有触犯你
仇从何来？！恨从何出？！

成千成万倒下的冤魂
他们个个怒睁着眼，死不瞑目
不甘为你死亡列车铺路
一条生命，当一根枕木……

人类既能创造世界
入侵者，必将被除
待到全球欢呼送瘟神
一把火，纸船明烛

2020.5.3

武汉又回来了

疫情，清零了
樱花，烂漫了
出污泥而不染的壮美武汉
又回来了

武汉又回来了
没忘却那份惊恐、煎熬
人们仍在默默祈祷
永远回不来的几千同胞

英雄的城市和人民
还顾不上释放微笑
他们思念各地的救命恩人
重温七十六天的分分秒秒……

2020.5.4

被锁的日子

无人加锁于我，足不出户
自己把自己锁在家

被锁了整整一个月了
憋屈时，借阳台居高望远
大江东去，红日高挂

屋漏遭雨，天不会塌
小区镇院门，楼群设关卡
一防，二控，三肃杀

世上还没有一把锁能锁住思念
又想瘦西湖畔那座高高白塔
又想古运河一河浪花……

美美也罢，泡壶小茶，家天下
爱读书的，读读书
爱画画的，画画画——

城乃家国纽带、国之葩

此刻，共克时艰，咬紧牙

2021.8.20

志愿者

疫情就是号令
个个都是出鞘尖刀一柄柄
遇险而上
逆风而行

早被拆除的那座巍巍城墙城门
此刻，又在我眼前壮观
志愿者不就是一块块厚重城砖
壁垒森严，众志成城

风和，为民；蒙难，为兵
这就是扬州人的血脉和血性

2021.8.21

个园闭园

园门关了，门闩是锁，插上
满园四季美景，只好空晾
竹石雅乾坤，也雅无人赏

园子里斑竹，憋得透不过气
急得周身泪痕斑斑
一夜间，组成梆笛乐团登场

趁夜色朦胧，月牙初上
风一吹，个个摇头晃脑
《紫竹调》出墙……

2021.8.21

节俭·珍惜

平日唾手可得
油盐酱醋糖柴米
非常时期，也显得格外珍奇
这块因盐而兴的盐之地
用盐，也得省着点

为难时，逼着你节俭料理
也逼出你品格美丽
据说，七斤四两水
才能育出米一粒
可见，万物来之不易

由此，想到漫漫人生路
光阴一去不回，更当珍惜

2021.8.22

馋瘾上来了

又想吃小东门桥下的油炸臭干
又想吃共和春的蒸饺
又想吃蒋家桥饺面
还想喝一碗东关街上的豆腐脑

馋瘾上来了
想吃的还有好多好多
有一块刚出炉的草鞋底烧饼
过过馋瘾也好……

往日零嘴，今成奢望
馋涎不轻掉
疾风出劲草

2021.8.22

一篮子鸡蛋

儿子送来一篮子鸡蛋
小区严控严防，不得入幢

一门，何能将亲情阻挡？
他笑着递过来一篮子沉甸甸
我笑着接过这一篮子儿女香

蛋里都有一个冬天的小太阳
我拎回一篮子暖洋洋

2021.8.23

核酸检测

全城拉了十多次大网了
人们并不厌烦，总怕
几尾染上坏病、漏网的
小鱼小虾

不惜动用如此规模核酸筛查
验证了那句话：人民是江山
关乎人民生命安全的事
比天还大

2021.8.23

这一张月历

这一张月历
——2021年8月
今天，终被撕了下来
折叠，存入《收藏之页》

闻名遐迩的千古名城
未料及多事之秋，雷炸雨劈
被封，被锁，被困，被围

这张纸上的三十一个日子
每天度日如年，揪心、焦急
活蹦乱跳的古城，遭此罪孽

能撕下来的是这一张月历
撕不下来的是磨难之月
呜呼！心里五味杂陈
说不清该喜该泣

2021.9.1

解　封

就像鸽子，被关了一个月鸽笼
今日放飞，早聚集门口等时钟

也掂量出，自由何等贵重
翱翔，必须有洁净的天空……

解封，解锁，解索，解冻
天蓝，水碧，蝶飞，花红

面对解封，自有应对方略：
你解，我不解；你松，我不松

2021.9.4

摘豆荚

太爷爷摘豆荚
摘一回豆荚抽一回筋
卖一回儿女伤一回心

老爷爷摘豆荚
摘一回豆荚也抽一回筋
筋断，土地还家当主人

如今我也摘豆荚
摘一回豆荚纳一回闷
大棚豆荚咋会没有筋？

爷爷告诉我：苦筋已抽完
父亲告诉我：日子已鲜嫩

2019.2.2

针孔之地

再也找不到比你更小的土地了

阳台上，一只花盆行将落底处
几眼小孔，将盆内积水流淌

谁料，针尖大的太阳花种子
竟神奇地扎根孔里，当床

不遗余力，根根茎杆一律向上
盆外，花儿开成花轿子一样

当即为它拍了张照片挂上网
曰：在夹缝中怒放

2019.7.6

梯田吟

大山像是山寨的靠背椅
山里人爱山，胜过爱自己

大山上，构筑一架架云梯
造地，把庄稼种到天上去

山有多高，水就有多高
不够，挥汗当雨……

祖祖辈辈都用这张大网
网出大山的壮观和美丽

美若画卷，壮与天齐
天有眼：足食丰衣

2020.1.3

网

很佩服那位诗人犀利目光
三十年前就发现了一张网
并写下他认定的生活一字诗

如今生活中已无所不网
网上出票，网上订房
网上购物，网上歌唱

就连青菜萝卜油条豆浆
也无须现钞递来递去
派头了得：网上结账

那些种田大户。气粗客商
生意做到了天边海外
银子随网上银行向回流淌……

网网都和那张网不一样
诗人的网，人在网中
万众的网，攥在手上

2019.8.13

种墨园

以笔为犁，自己作牛
种花鸟，种山水
种人物，种书法

夜耕晨露晚耕霞
种风，风在画中吹
种雨，雨在画中下

种墨缘牵种墨人进种墨园
心静如禅，神定，言寡
墨墨传承中华文化

不列远古诸位高手
随口荐举二位大家
王羲之种字，齐白石种虾……

借问种墨园多大？
中国多大它多大！

2019.8.19

牛　年

丑年不丑，金牛大吉

孺子牛，拓荒牛，老黄牛
三牛并驾齐驱，扬征旗

牛年牛，不光埋头拉犁
灭灾，除患，驱疫
不辞逆行万里，奋蹄砥砺

都说五牛聚福，祈天下花季
不奢牡丹盈门，盼月季遍地

2021.2.11

牛 人

轮及地支丑的年，牛年
生于地支丑的人，牛人

今又牛年，牛人本命
刚刚出生的那个小宝宝
也进了这个大牛群

牛人遇牛年，总想哼两声
唱几支牛歌，给自己拜年
不但应该，更是责任

属牛思牛，将牛秉性传承
晴天一身汗，雨天泥一身
犁耕，镐垦，再不行就用嘴啃

牛家族有各种功能的牛
牛人群有各种本领的人
一辈子恪守牛步履，忠厚为本

人亦牛，牛亦人，牛精神

拉犁的，拓荒完地球

随人类去另一星球闹春耕……

2021.2.14

孺子牛

齐景公无意中创造了你
人，不管走到哪一个高度
都要俯首为民劳碌

彻悟民众是高山是江湖
是生你养你的那一片沃土

都乃大地之子、沧海一粟
硕果，无一不朝向脚下的根
垂挂感恩泪珠……

唯心甘情愿，做人才有了底谱
孺子牛，走进我整个民族

2021.2.11

拓荒牛

蹬开钢铸的四蹄
怒目昂首腾空，像座小山
奋不顾身扑向大地
——开犁

任你石砾杂陈
任你瘠土如铁
任你荒草离离、盘根错节
——开犁

牛气冲天，撼天撼地
瞬间雄风，令开拓者由衷敬意
将你定格广场，也定格他自己

2021.2.10

水 牛

通人性的牛家族
不忍南方水稻种植之苦
特地衍生出酷水的你
助你一样辛劳的人们
耕耙帮扶，将秧田清梳

你泥水中拉犁，义无反顾
身后执犁者跟着你前行
艰难每一步，历古留下
春耕画图一幅……

其实，不种水稻的北方
也很尊崇你，在每条
易出水患的河流拐弯处
都委托你千年镇守
并将你用铁水凝固

2021.2.26

老黄牛

来到人间，为把苦尝遍吃透
只埋头干活
不闲步逛悠

坚韧不拔，是骨骼
任劳任怨，是品格

目光犀利能穿墙过
胸怀坦荡可盛江河

百折不挠，是脚步
一路磨难，当酒喝……

已成"精神"代言，尽数风流
骑马，要骑千里马
做人，要做老黄牛

2021.2.12

还有一头牛

倒也是个不愁吃穿的人家
不种水稻
很适合我这头黄牛
耕耧耙耖

全家连我在内九口
一天忙到晚，一年辛劳
全靠地里种的粗粮度日
勉强度日苦笑

一吸三条沟，一吹三尺浪
我也不例外，天天喝粥
都盼除夕夜快快来到
大碗盛饭，管饱

做梦也未曾梦及
老了，儿女有出息，不啃老
不愁钱花，精神矍铄
医生嘱咐：少食精粮为好……

这头牛年老牛，知足常乐
满面春风，说不出的骄傲

2022.3.20

说老实话

是小，不说大
小就是小，大就是大

流了一滴汗
决不说成二

错了三件事
也不匿一诿卸二

天大，地大
老实话如花，香遍天下

2021.3.2

做老实人

每个人都了不起
此话，首先是褒奖老实人的
老实人都姓忠厚

老实为本，本本分分
不好高骛远，不挑肥拣瘦

不油腔滑调，不光说不做
不路边兜留，不高人一筹

心中时刻铭记信念
理想紧紧攥在手
勤恳积善，一头老黄牛

2021.3.2

干老实事

文，不添油加醋
秤，不差毫少厘

雁过，不拔毛
不取巧，不投机
手不伸长，脚踏实地

不卖嘴，不使坏，不算计
老实事，事事来自老黄牛前蹄

2021.3.3

走老实路

不光走人行道、斑马线
也不光遵守红灯停、绿灯行
循规蹈矩、迈出每一步

时不我待，心中有图
一条明亮、崭新的梦之路
早在国人心中铺——

甘为孺子牛拓荒牛老黄牛
奋蹄耕耘这块红土黄土黑土
播种"复兴"的五谷……

老实人说老实话走老实路
这是一条老老实实的崛起之路
强国，乃民族征途

2021.3.2

将军与小草

将军说他是棵小草
萌芽于达县张家沟
春风为他披上绿袄

入工农红军，也是棵小草
一身戎装成了生命的号角
南征北战，跃马挥刀——

如今来方巷，还是棵小草
绿军装、红领章、五星帽
与农为伍，风吹不摇

2020.10.22

将军松

你当年栽下的那棵松树
早已越过天命之年
粗粗壮壮，枝繁叶茂

伫立公路边站岗放哨
守卫来之不易的胜利大道

方巷人常常来到松树旁
见树如见你伟岸风貌
仰慕将军望重德高……

2020.10.23

向将军塑像敬礼

思念能将塑像幻成血肉之躯
请接受一名老兵的由衷敬意

迟到了半个世纪的一个军礼

告慰将军，如今方巷画卷美丽
满目轿车洋楼电动车驴……

将军，你永远活在人民心里

2020.10.25

空了的蝈蝈笼

当年，我看蝈蝈是虫
蝈蝈看我，也是虫

如梦初醒，开笼放它飞走
从此，笼中无虫，空关笼

不忍心再将那些小生命
从很远很远的田野上掳来
囚入笼中

反得一份宽慰，坦然而轻松
心生禅意，空笼不空

2021.10.3

一只雏鸟坠地

风大，雨大
一只雏鸟被刮落树杈
我不救它谁救它

赶紧带回屋，取暖，喂食
塑料小箩作鸟巢
小窝全铺新棉花……

待天晴，放回原处
老雀失子复得，接它回家

2021.10.3

鸟　趣

打开笼门
画眉鸟，一去不回
白头翁，一去不回

唯相思鸟，不论放雌放雄
就因两瓣南国红豆合成的喙？
外面世界玩上一圈，又飞回

鸟儿们都对
又飞回来的，叫：恋旧
一去不归的，叫：回归

2021.10.4

鸟 语

鸟是音符，鸟语是乐音
从云缝中滑落，一路流韵

听过鸟语打斗，未闻鸟语呻吟
兴高，站在树枝最高处
昂首挺胸，临风引颈——

开的都是个人演唱会
各领风骚，各行其径

人鸟一家，和谐比邻
仔细听，粗犷的像韩磊
舒缓的像费玉清……

鸟语空山：空灵
鸟语古城：宁静

2021.10.6

鸟投林

季节，何止不等人
成千上万只鸟，集结出征
一拨拨，飞往遥远乡村

都是朝出晚归
麦地里有穗粒有虫，吃饱喝足
趁天色未暮，返城

近黄昏，鸟投林，不见鸟身影
是嬉戏？是争吵？分秒不停
满树喧闹，路人驻足听风景

2021.10.10

鸟笼空了

洛夫的鸟笼空了
他从前后左右看鸟笼
任风，东西南北吹鸟笼
结论：他喜欢那么空着

我的鸟笼几年前就空了
圆圆的，长长的，挂在凉棚
除了一笼凝重的空空
常幻影成寺院那口晨钟……

2021.10.3

南湖红船

画家在迷蒙南湖最远处
寥寥几笔，画舫简洁清楚

船头，亮出一点红
——挂盏灯笼破雾……

六百二十四亩琉璃疆土
茫茫夜色满湖

题款：日出

2021.6.14

铁锤·镰刀

铁锤和镰刀
一旦组合在一起
烙印在井冈山红土地上
就飘扬成战旗

黄洋界上炮声隆
炸响了一个崭新世纪
开天辟地

2021.6.10

红军帽

一块灰布
顶着人民的天

一颗红五星
亮着老百姓的盼

一弯月牙边帽舌
是老百姓家屋檐……

2021.6.12

红军鞋

两万五千里长征路
红军只有两双鞋
一双布鞋，一双草鞋

都是劳苦大众亲手织编
一步步，走到宝塔山
一步步，走向开国大典

2021.6.11

十送红军

都是红军的故事
男女老少，如唱歌谣
送行路上，歌声如潮……

红军北上，脚步停不了
一送再颂，红军好

纯粹的民间小调
演绎得如此声情并茂
唱成了民族大调

2021.6.13

涛声依旧

那场强渡硝烟，被风吹走
那河血水浪花，随水流走

安顺场，不走
大渡河，不走

波涌浪叠，万古情稠
整整一百年了，涛声依旧

2021.6.16

铁索桥遐思

隐喻得如此天成、绝妙
一个战士就是一节铁环
一支铁流就是一根铁索

无数根铁索跨过历史长河
铺桥，抵达共和国城堡

2021.6.13

红军坟

长眠于长征路上了
一座座坟墓
矗立着民族之魂

更像一颗颗人生砝码
让后人秤称自己的重量

2021.6.10

东方红

黑咕隆咚的东方
终于被子弹打穿、刺刀撕破

东方泛红了
毛泽东的名字同太阳
一起在这块大地上升起

2021.6.11

五星红旗

新生的共和国
在旗帜上飘扬

四万万五千万张笑脸
在旗帜上飘扬

五星红旗，高高飘扬
一个民族站起来了
屹立在世界东方

2021.6.12

水稻之父

袁隆平走了
我依然看见他站在稻田里微笑
所有稻穗向他弯腰

袁隆平走了
只是换一种形式活着
每年春天苏醒，长成秧苗……

2021.5.22

心灵窗户的守护神

——诗赠庄朝荣

一辈子执着、果敢
精心守护心灵的窗户
一扇一扇，成千成万

十里八乡眼疾患者专程赶来
找到你，就找到了光明
驱走黑夜，夺回蓝天

总以平和、微笑这把钥匙
询长问短，庄而不严
为病人开启那把心锁愁颜……

这回白内障手术，领略他风采
一把刀，不是喊的玩玩
第二天就光明透亮、月上东山

2021.6.26

护幼天使

——诗赠江舒

像一叶白色扁舟轻轻摇橹
白大褂查巡儿科病房的湖
悉心呵护，边询边记录

将小病号都当着自家的孩子
儿疾瞬变，护他们早日康复
诊断，更需缜密无误

别看现今还是一拨拨幼苗小树
将来，不定走出几棵栋梁之材
报效祖国

柔语轻言几十年，取细去粗
一位从里到外都是儿科大夫
难怪众口誉赞：天使护雏

2021.7.6

写给一位女画家

走进刘存惠，很难
再从刘存惠走出来，就更难
有的人，一辈子也走不出来

看得出你在刻苦凿壁
借别家之光，照亮前行的路
走进或走出

2021.9.11

女子撒网

天长一女子
越过省界那条长长的河谷
斗胆到东边邻省古城网夫

女渔人眼尖手快，目标锁住
网得一位如意郎君，带回家
吹吹打打，终成眷属

次年，喜得一把带把的小茶壶
家有根，屋有梁，房有柱
不笑也笑，偷着乐乎

2023.5.21

公道钓鱼

曾被邀去公道镇钓鱼
心情好，手气也就跟着好
钩未落底就咬钩，又拎上一条

都夸公道人公道
女东道主也在塘边来回奔跑
不停为钓客掺茶、照料

公道，天道，明眼人知晓
那女子也在垂钓，无须提竿
人鱼一条，在她心中壶篓里跳

2023.5.21

江河水

（布谷鸟叫了——
刮锅刮锅，淘米下锅
刮锅刮锅，淘米下锅
刮锅，刮锅，刮锅，刮锅）

你身边大江，我身边运河
都乃历史长河在记录泱泱神州
你我就像是两只小小麻鸭
一只踏浪而行，一只随波而游
溜溜的它呀，溜溜的它呀
心儿一个甜蜜的瓜
两只快乐的麻鸭

你认定金山是一座金塔
——又文又画、双料大家
我心仪瘦西湖姹紫嫣红
——觅诗酌句、放歌天涯
溜溜的它呀，溜溜的它呀
心儿一个甜蜜的瓜
两只快乐的麻鸭

（刮锅刮锅，淘米下锅

刮锅刮锅，淘米下锅）

思维敏捷兮，笔锋依然亮涮

都属老而不朽，从不头昏眼花

更像古时两叶唱晚渔舟

不惧风大浪大，披蓑荡桨朝霞

溜溜的它呀，溜溜的它呀

心儿一个甜蜜的瓜

两只快乐的麻鸭

（刮锅刮锅，淘米下锅

刮锅刮锅，淘米下锅

布谷，布谷，布谷，布谷）

2022.3.23

镇江的底座

舟楫大江南岸，一路惊叹
镇江的底座坚如磐石般
别此，怎撑得起这片五色斑斓
湖泊、河流、众多山峦？

任千年涛吼、万年浪掀
江城岿然不动，自得怡然
别此，怎载得动这块花团锦簇
车水马龙、一城壮观？

大江东去。人民是地也是天
扛着国，扛着家，扛着信念
处处水墨微笑，幅幅画卷
美梦天圆，天下第一江山

2022.5.13

蒜山舞者

就像蒜山的一圈蒜瓣
春天来了，争着发芽冒尖

瓣瓣长得婀娜多姿、亭亭玉立
蒜为青绿，舞为婵娟

蒜山舞者既舞村姑报春
也舞壮阔大江上扬帆……

恣意扭曲，舞出一群江城飞天
个个嫩秧秧的，嫩得水光亮闪

她们脸上亮闪的不是水
——是汗

2022.7.24

虎年虎人

王者，虎也
此虎不作伥，也不霸凌
从首到尾，王者风范

偏好桑蚕吐丝结茧、缫丝
织千丈玉帛
著文泅墨……

大江之滨，一辈子辛苦
忙着铺一条
属于他自己的丝绸之路

2022.5.2

画册·罗底砖

——《王川画集》读后

厚厚实实，方方正正
像是从焦山万佛塔
搬来的一块罗底砖

四个版块，架构风骨
砖芯，二百三十六层
窑主、窑工，都他一人

将七十五年岁月留真
——七十九张标准一寸
前所未闻，开卷铺陈

似在铺一条时光隧道
窄如绳，未沐瓷实画风
先走进他曼妙人生——

天酬天分，种墨种文
东、西方八大画师雕像

尊尊栩栩如生，如数册存

以心血调色，为巴巴写真
重彩竟出油画，笔笔传神
画笔成竹，不再当年那根嫩笋

哦！大江东去，红日东升
倾力烧制这块精美之砖，感恩
大章长图，壮丽一座城

2022.4.16

敲得响的风景

这是一本书的书名
游记、散文或称之随笔
画眼识美丑，西欧至东瀛

篇篇都像挂着一面小铜锣
亮晶晶，不敲自鸣
读书人心读故事、耳听风景

柯尔尼留·巴巴，特立独行
他手中的画笔不肯撒谎
更不肯昧心粉饰太平

忧郁，惊恐，绝望，变形……
笔下都是被社会扭曲了的人性
"这就是巴巴的农民"

敲得响的风景
敲得响的画家
敲得响的人品

2022.4.11

也想坐坐巴巴的椅子

巴巴一生坐着作画的椅子
一张普普通通的橡木椅子
远高过、胜过那些镏金宝座

真的想坐坐巴巴的椅子
屁股不会坐歪
心地不会蒙尘
思维不会霉烂
目光犀利向前

巴巴笔下没有一朵鲜花
巴巴笔下没有一张笑脸
他像只鸟，在苦难人群中盘旋
亲眼穷人挣扎在死亡线
摇首无奈，泪滴心坎……

柯尔尼留·巴巴
是罗马尼亚的
也是全世界的

2022.4.12

一个男人的独白

就是冲着那份孤傲而追梦的
她漂亮、美丽，楚楚动人
一看，就想和她结婚

五十年了，三个儿女也大了
那些美丽光环几乎消失殆尽
只剩下那份勤劳和倔强

人在做，天在看，老天说：
知足吧，不错喽

2021.8.13

闭目回童年

又看见那个穿开裆裤的了
又看见那个撒尿和烂泥的了
又看见那个捉知了的了……

当年的那拨皮猴子
如今都已七老八十了

耳聪目明，记忆如电脑
挨过冻的骨架，如铁
挨过饿的目光，如刀

今天，他们同祖国一起欢跃
泱泱神州，脱贫摘帽

该当自豪！全世界为之瞩目
中国共产党以民为天
并非一句口号

闭目，难舍穷宝宝
睁眼，满堂老者笑

2021.7.8

歌，爱唱新调

这帮老伙计
不仅爱唱歌、会唱歌
还挺挑

词要好，曲要好
朗朗上口，悦耳易记
催人上进朝前跑……

《外婆的澎湖湾》好，太老
《在希望的田野上》好，太老
《弯弯的月亮》好，太老

这不，一亮嗓《中国力量》
情真意切，技法老道
唱出了新时代中国大潮

2021.7.8

记住这一天

要儿孙们记住的这一天
是那公元一九四九年

那天，天还未亮
伢子就聚集打谷场前

有的举着小红旗
有的提着五角星花灯
跟在舞龙队后面

最前面，彩旗开路，锣鼓喧天
向城里进发，参加庆祝大典

十月一日，人民坐江山

2021.7.9

逗嘴花

忆趣童年，老人也爱逗嘴花

玩过无数回扮家家
一男一女，扮成一家
还窝手假作吹喇叭……

也发过喜糖，掀过红盖头
后来人长大，各有想法
没有一对成家

老人们一笑哈哈
伢子的话，黑板上写字，擦

2021.7.10

四代爷爷四代孙

爷爷在世时
没有给过我一分钱
我不怪他，爷爷是农民
人老了，儿大分家了
日子全靠儿子们轮流支撑
每天管三顿，穷得身无分文

倔强的父亲，种田拿命拼
拼来一头牛、一头驴
良田十三亩六分
也没给上我儿子一分钱
劳碌命短，孙子出世
他已去天国六年整

到我，不种田了，以笔为犁
戎装二十载，挺拔成军人
如今，儿孙比肩而来
谈写诗，叙人生
正派有本事，知足不忘本
除夕，也发压岁钱压枕……

儿子是一辈子的军人
不久也要轮上他当爷爷的份
忠厚、勤奋、专业才能
不富甲，也不穷困
房子车子都有，孙子也大学
未来的四代孙，该如何启程？

哦，无须劳心劳神
四代爷爷，一代比一代过得好
何愁四代、五代孙
中华民族的伟大复兴
第二个百年的强国昌盛
由他们率他们的儿女去出征

2021.7.23

音响师儿子

几十年专职音响师了
只将别人讲话的声音，扩大
只将歌唱家的歌声，扩大
只将演奏家的琴声，扩大
从来不扩大自己

这就是他为人的品格：
该小则小，该大则大
一就是一，二就是二

2021.7.24

送个红包

孙儿真的要离开故乡
去国外读书
送个红包给他带上

在外想家时
不要流泪，摸摸红包
就当是故乡的红太阳……

学习上遇到难题
不要沮丧，掏出红包
有爷爷站在你身旁

毕业考试那一天
一定要将红包揣上
爷爷陪你一同进考场

2021.7.24

道别礼仪

孙儿每次来家玩
临别，祖孙会心对笑
习惯了自己家道别礼仪
张开双臂，抱抱

十九年，弹指一挥
孙儿长成大小伙子了
这回也走得太远了
道别成辞行，苦涩这对老小

孙儿抱住奶奶，不松手
奶奶抱住孙儿，泪珠直掉……

2021.7.24

中国伟大

年轻时当兵，四海为家
认识了祖国的山山水水
骑马挎枪，走遍天涯

视频，为我洞开世界之窗
也曾去过别的国家
耳闻、目察，比对出朝霞……

"江山是人民"，石破天惊
此定义，古今中外还无人下
寰球知冷暖：中国伟大

2021.7.24

虎年大吉

老牛卸犁，虎啸，鸡啼
旧符换新桃，虎添翼

无须翻阅大事年记
老虎——铭刻心里

国要平安，人要喘息
此乃重中之重、急中之急

画好这个句号，老虎执笔
画出胜利，虎年大吉

2022.2.7

冰雪之约

小雪、大雪，无雪
小寒、大寒，也无雪
立春都过去三天了
古城，才雪花飘飘

不算迟到
雪如意，雪星高照
但等北京冰雪之约开幕
就日夜兼程赶来了

2022.2.7

一朵雪花

都说燕山的雪花大如席
一朵究竟有多大？

这回算是看清楚了
大雪花由九十朵小雪花牵手
九十个参赛国聚首华夏

这朵雪花的名字叫雪如意
又低碳，又环保，又典雅
一炬奥运传递圣火，璀璨奇葩

2022.2.7

冰壶对决

放大、并在上方加把的象棋子
竟搬到冰道上来较量一番
也不用车走直，马走斜
炮打隔子相飞田

冰棋子只分颜色不刻字
全都是兵卒，赤手空拳
单兵对垒，勇往直前

当头撞，擦肩撞，撞左撞右
挖空心思，眼尖手快
目标，将对方冰壶撞出圈外
冰上那个圆圈，即刻成金牌

2022.2.7

冬奥会

全世界善飞之鸟的聚会
借冰天雪地，一展身手和智慧
总项目就一个：比飞

短道速滑：贴地，斜着翅膀飞
钢架雪车：如闪电，划破天帏
五千米接力：如虎添翼，猛追

单板滑：凌空翻飞，落地如垒
U型地：冰摇篮里，秋千荡美
花样滑冰：好一出冰上芭蕾

冰壶，撞溢了盏盏酒杯，不醉
冰球场，刮旋风，你抢我围
雪坡上，群鸟奋飞，再喘不累

雪道铺线谱，众鸟音符飞
不分国籍、民族，争雄夺魁
每每，国歌嘹亮、国旗映辉

怀揣期盼而来，满载荣耀而归
善飞的鸟，临到分飞流泪
难舍冰雪中绽放的友谊花卉

2022.2.16

母恩与童年

童嘉通诗草　诗随古运河流淌

初为人母

女人，一旦成为母亲
昼夜之间，就升格、成熟了
就变成另外一个人了

好吃的东西，舍不得吃了
好看的衣料，舍不得做了
再好玩的地方，也不去了

不请月嫂，能省的就省省了
不怕脏也不嫌臭了
忙着宝宝的一泡屎、一泡尿

母爱光环，随她忙碌而闪耀
难喝的银鱼汤，屏气大口喝掉
为宝宝挣口粮，黄连当甘草

忙得她，每天的时间都不够用
再累不言苦，走路带小跑
自豪，总有张小脸在她心中笑

2022.2.10

油灯下

忘不了，蜷缩被窝里
望妈妈提油灯端出针线匾
她不忍我身上拖一片、挂一片
带晚缝补明天

我这头小牛犊生性好动
稍不小心，衣破裤烂
掼宝宝任性，宁穿补丁褴衫
难为妈妈，天天飞针走线……

忆及灯下情，每每噙泪咽
想母亲，回童年，也远也不远

2023.2.8

餐桌上的饭粒

小时候的嘴，好像是漏的
每顿饭，桌上都掉下不少饭粒

妈妈从来没有责备过
总是笑着伸出右手
一粒粒拈进她嘴里

2023.5.11

母亲养鸡

每年，母亲都喂养一院子鸡
司晨的司晨，下蛋的下蛋
很开心，鸡蛋摆满了筐篮

再多不嫌多，油米酱醋盐
从未见，妈妈剥过一只开心丸

2023.5.11

山芋皮

母亲吃山芋从来不吐山芋皮
山芋皮也是粮食也有营养
但她，从不要求我们也不吐

咽不下，吐在桌上
好让她收罗起来喂猪

2023.5.11

腌菜翻缸

大冬天，腌菜翻缸，盐卤如刀
不顾双手皲裂，母亲撸袖露膀
菜缸，被翻了个底朝上

母亲手上裂口流血
她笑笑，一坨膏药糍铎上

2023.5.12

一次过桥

有回去外婆家，途中要过道桥
就是乡下木板铺的窄窄小桥
已经上桥了，母亲又搡我退回

指我看，桥那头挑担人已上桥
不光礼貌，空身人该给他让道

2023.5.11

捞金不昧

一对新婚夫妻回娘家，麦田边
新郎生气，怒扔金耳坠
新娘又哭又跳，惊动了村周围

麦海捞金，耳坠巧被母亲捞回
还新郎并告诉他，金子很珍贵

2023.5.12

挑　刺

乡下孩子开窍早、识时务
知道家境贫寒家里苦
一年春夏秋，光脚丫走路

屋檐下，妈妈帮挑脚上刺
我哭，她也哭

2023.5.10

打鞋绳

鞋绳槌子至今还在眼前旋转——

槌子是妈妈亲手做的
——猪后腿那节筒筒骨
苎麻也是妈妈亲手种的
——那片带锯齿墨绿色叶子

农闲不闲人，屋檐下
母亲为儿打鞋绳

风雨一双鞋，铁板也磨成片
"月月鞋"不再月月愁
墙上挂起新鞋十二双
挂成了月历牌——

如今，妈妈还在天上打鞋绳
化作雨丝一根根……

2012.4.18

过 年

再穷，也不能穷孩子
过年添件新衣裳
辞旧迎新，风风光光

我们有
母亲没有

穷归穷，图个吉利
除夕夜
父亲给每人五分钱压岁

我们有
母亲没有

伢子的年
大人的关
累得散了骨架的体验

母亲有
我们没有

点灯笼，炸鞭炮
蹦白果，吃年糕……
忙得像小雀子叽叽叫

母亲拢了拢头发
笑了

2010.2.19

母亲的一双手

不知从什么时候开始
母亲戴上了一双榆树皮手套

小时候，也曾读过母亲的手
还数过她十个指头上指纹：
三只簸箕，七只笆斗

"七罗八罗有官做"
母亲笑了：手相非命
娘，大字不识一个

十指钉耙，耙春耧秋
笆斗笆回希望
簸箕簸去忧愁……

母亲自从戴上了那双手套
再也没有脱下

2010.3.6

母亲的经纬

母亲不识字
不懂什么坐标、站标
她认定：
每天清早能站起来干活
就好

连名字也没有的母亲
却泾渭分明
尤为钟情经线纬线
一家的针头线脑、夏暖冬寒
全放在她线砣子上
捻……

2007.5.1

母　亲

我以古稀之龄
给母亲
下跪

母亲对我说：
冰天雪地
冻坏了膝盖
怎撑脊梁？
听娘话
快快起来
站成大山一样

我捧老泪当酒
抚平母亲也抚平我
心中内伤

母亲对我说：
泪不轻弹
滴滴皆心血提酿
娘爱看儿这头小牛

一脸阳光

双膝如钉钉地
泪雨止不住流淌——

只是土地的母亲
为托儿来到这个世界
甘愿嫩叶遭早霜……

七十岁生日，照过不做
礼仪只一项
面对墙上一脸笑的母亲
我，跪在地上

2006.9.15

冬天，一盆洗脸水

童年的那盆洗脸水
七十个春来秋往　依然
在我面前摇晃——

冬天的苏北平原
如挤满了东海里爬上岸的海象
光滑黝黑，无枯枝枯叶可拣
一家人早上洗脸
全仗大锅旁那口小小膛罐
焐热半盆冰凉

一只铜脸盆
一条414牌毛巾
父亲是我们家太阳，第一
八姐妹先男后女、先小后大
轮及月亮的母亲
早已成半盆泥浆

等我们长大成人，懂事了
才闻出母亲那朵

出污泥荷香……

2010.2.21

母亲喊我了

又听见母亲喊我了
不是喊我回家吃饭饭
检测她古稀之龄的小淘气
是否耳聋扯八？

吃得，睡得
听得鸟叫
辨得杏桃

母亲边说边招手：
"听到就好

"你开的摩托
孙子开的轿车
威风加骄傲，都看到了
挨我身边你酒鬼的父亲
高兴得眼泪水直掉

"你老爸说了
百年后再会面，也嫌早

把天守好　把地守好
把好日子守好
把孙子重孙子们带带好"

未及我哭喊一声
画面全部撤换掉
荒野，只留下一顶
黑沉沉的瓜皮帽
长满荒草……

2011.6.17

母亲的海

比我年轻几十岁的母亲
早就挂在墙上了
目光依然慈祥

连名字也没有的母亲
一辈子在平凡的劳碌里

忙里忙外忙天忙地忙儿忙女
唯独不忙她自己

没吃过一顿饱饭
没做过一件新衣

母亲把家看得很重，看作太阳
把自己比作一朵向日的葵

唯孙儿孙女围她膝前
母亲脸上，阳光灿烂

立不了地，更顶不了天

母亲来也默默去也默默，无怨

家若桶兮，母亲是箍
家若屋兮，母亲是檐
母亲是"家"字上面那一点

2012.3.28

阅读母亲

也不是说
高尔基就读懂了母亲
他把读懂的和未读懂的
全都写了出来

写成一本厚厚的书
交给全世界读者
帮他读懂

其实，读书人同时读着两本书
眼读高尔基的《母亲》
心读自己的母亲

尽管后一本书还未成章
也未装订
甚至，还一页页飘零——

母亲是一名挑夫
一旦为人之母
横于中间的那根扁担

穿过那只长方形摇篮
挑着摇篮里一对儿女

母亲更像一座高山
山脊是脊梁
眸子是清泉
风和日丽，画一幅
山雨欲摧，扛灾难

俄罗斯母亲
中国母亲
天底下所有母亲
都在读书人泪屏上
电影……

2014.5.13

种子和土地

不任红土地黄土地黑土地
都是种子的眠床和被褥
生命才得以复苏、挂果满树

其实，天底下所有累累硕果
无一不朝向脚下泥土
垂挂的感恩泪珠……

2014.1.25

踏三轮车的母亲

夫亦车夫
妇亦车妇

女儿被北大招走
添喜，却愁

即使将黑夜也转成白天
日渐其沉的呼啦圈
丈夫已无力斡旋

人在一片屋檐下
心在一个同心圆
顾不得南（难）看北看
借鸡下蛋
蹬转三个轮子披挂出山
开弓，就不在乎众口论箭！

毕竟羸弱女子扎堆苦力
遮阳帽檐拉得很低很低……

呵，为人之母情动天地
就是黄连也毫不犹豫吞下肚去

儿女们墨水源自母亲汗滴
托子登高成器
又一现实版人梯！

2011.6.25

"别怕，有妈妈"

习字簿上一块块正方的田
那天忘了笔耕墨耙
成了父亲气方的脸
我知道：要挨桑树条鞭

"点灯熬油我陪他"
一把将我搂在怀里：
"别怕，有妈妈"

长大，要去外地读书
村路像根牵肠挂肚的绳
一头拴着妈妈
一头随我走向天涯——

往我手里塞几个鸡蛋
又帮我拈去头上草屑木渣：
"别怕，有妈妈"

如今，早为人父、人爷
心中也有难解的疙瘩

烦恼常在脑子里对峙　只好
床上炕烧饼，左翻右打……

众星拱月，陋室铺银
月光传来天国熟悉的话：
"别怕，有妈妈"

2011.6.17

母亲小毛驴

买不起自行车年代，一位母亲
将儿子骑在她肩上，气喘吁吁
跑步前行，无论刮风下雨

边跑边叮咛：乖儿醒醒
她两条腿时针，在和时间赛跑
恨不能双臂落地为蹄——

这位母亲的女儿，也成了母亲
匆匆回到久别故里
为搜寻儿女儿时的香甜记忆

跑了大街钻小巷，为儿为女
大包小包，背锣扛鼓
恨不能背上故乡登机……

可怜天下母亲，天性所驱
自喻小毛驴，甘当小毛驴
温驯，耐劳，默默无语

2016.12.2

天天母亲节

只好得罪妻子，走近母亲
好在她即将升格
怀抱儿女，心灯不拨自明

将发自内心的这句感恩语
悄悄说与母亲听——

母亲笑了，笑得很开心
满脸皱纹沟渠
重又折叠出岁月屐痕

果真天天过节，你累我也累
收下儿这颗金子般孝心

皆因心窖贮泪不酿酒
一辈子清醒：人生天命
有缘母子行……

即使天天母亲节，大海情
也无法还清

2013.7.5

母亲的辞典

母亲辞典里:
丈夫是天
儿女是地

辞典里没有都市
没有轿车,没有楼宇

母亲的幸福很实际:
丈夫劳作归来端起酒杯
三百六十天天天缸里有米

母亲的财富:生命的长度
太阳攒金币,月亮攒银币

村舍邻里在母亲眼里:
女的是姐妹
男的是兄弟

辞典里没有空闲,月光下
搓衣板搓掉全家人身上汗渍

不识字的母亲无意立说
身影离去，母爱不去
迁往荒野新居
守望庄稼地……

而今，儿女早为人夫人妻
母亲小屋依旧蘑菇头钉子
扎在那本如书的长方形田里
装订记忆

2013.3.1

母亲的秀发

母亲的黑发哪里去了？

经不住几十年风霜雨雪
一天天白了，但不枯槁
先花白，后白多黑少

不稀疏，不脱落
浓浓密密，满头银皓
岁月为母亲加冕的一顶桂冠
——月亮帽

里下河一位老诗人摇手
他说他母亲的黑发
都为他读书识字耗尽

挤出每根头发里一星星墨
汇聚砚池
先羊毫，后狼毫
他的诗才如波如涛……

母亲的黑发长在儿女记忆中了

2016.4.30

母亲的歌

说我生下来就睡在红澡盆里
藏匿苇滩深处
夸我乖，不哭不闹
躲过了日本强盗的刺刀

母亲唱没唱摇篮曲？
我不知道

八年后，母亲笑了
她说：要补上那支歌
不摇篮了，一曲《孟姜女》
唱得她满脸泪雨飘摇……

我睡了
长城倒了

2016.4.30

母亲的一句话

没有写在纸上
更谈不上杜撰，母亲不识字
也就一句口头禅：好好种田

她说田里有黄金屋
田里能长出种子
长出村庄，长出香火绵延

校园十年，不忘母亲的话
在黑板上开犁
在课本里耙田——

毕业后留在城里，仍种田
长街是田埂，巷道是阡陌
方块城里，播种春天……

2016.4.30

母亲的小棉袄

母恩天高，孝道
不在穿金戴银、万贯缠腰

心中有四两棉花、一块布料
精心裁剪
把牵挂，铺匀铺好
把亲情，缝紧纫牢
御得天寒，抗得住十级风暴！

"摇呀摇，摇到外婆桥……"
外孙天生就跟外婆好
他悄悄告诉阿婆
还会唱《外婆的澎湖湾》
乐得母亲脸上笑出了花苞——

唐诗宋词里也找不到的绝妙：
女儿——母亲的小棉袄

2016.5.11

外孙与外婆

拥在外婆怀里的那张小脸
足以让你品出蜜是何等的甜

功能远非至此
那张小小的嫩嫩的圆圆的笑脸
是外婆心中升起的小太阳
日夜金灿灿

冬天是烫壶
夏天是蒲扇……

2016.5.18

抱憾终生

一位在南京政府公务的儿子
虽未衣锦还乡
回村，婚宴办得十分亮堂

亲戚亲朋，四邻同乡
酒席桌摆满堂屋，摆出大院

充任厨师下手的母亲
端菜端汤
笑嘻嘻，里忙外忙

母亲发觉碟边油卤外淌
淌的是钱，顺手悄悄刮在嘴边——

儿子皱眉，丢来了冷脸
母亲心如刀扎，一蹶不振
一口气终未能下咽……

抱憾的儿子不久也撒手人寰
去天国，跪在母亲面前

2016.5.24

你从哪里来？

回答如此统一而又直率：
我们都从宫里来！

都是些未长毛的小兔小猴
面对陌生，闭着眼又哭又喊
小嘴一旦噙住靠山
风平浪静，月下港湾——

母亲给了我生命
母亲育我雏幼
母亲揽着我童年……

当我们懂得思考
翻阅人类历史长卷
方知，伟大在默默无语
伟大在担当奉献

帝王也好，庶民也好
没有母亲们薪火传承一代代
地球，早就成了动物世界

2016.5.25

不上餐桌的母亲

不管过年过节
大年三十晚上也如此开席

丈夫同七个儿女坐满八仙
母亲忙里忙外
席位在厨房至饭桌间
满脸堆笑，忙得甜

不止一回喊她挤挤坐
她都摇手笑笑
待全桌丢筷散去
她才端碗上桌，收拾残局……

天底下所有的母亲
几乎都是如此忘却自己
有空位也不入席
即使入席，筷子也很少伸出去

丈夫为先，儿女为先
——母亲的格言

2016.5.20

母亲的职称

大到砌房造屋、磨面碾米
小到油盐酱醋、种菜喂鸡
母亲的身影至今还在眼前忙碌
晴天一身汗，雨天一身泥

一旦担当为人之母，乐呵呵
一辈子像陀螺转个不歇——

忙天忙地，忙儿忙女
小小家庭就像一个小小国家
和睦妯娌，融洽邻里
全家人的吃喝拉撒、夏衫冬衣……

母亲不就是最称职的公务员么？
且，终身制"家庭总理"！

2015.3.19

中国好女人

刚下花轿，还未跨进夫家的门
肩上就飞来扁担一根
扁担的前面挑着老
扁担的后面挑着小

成了终身制挑夫的母亲
做龟驮碑，无怨无悔
那根不歇肩也不能换肩的扁担
有时，竟压得她直不起腰……

都说一个中国好女人管三代
母亲不仅茹苦做到
第四代孙辈，她也揽下承包

2016.9.16

母亲的绰号

村里人送母亲一个绰号
喊得有滋有味：叽溜子
一直把母亲喊老

土语叽溜子就是知了
知了，天下事无所不知
母亲无此本领，爱搭鹊桥

为村里娶进嫁出做过不少大媒
独木成了林，孤鸟归了巢
媒而不婆，只抓一把红枣

绰号，历古贬多褒少
儿时听着如针如刺，孰料
母亲的绰号纯金打造——

它将一个短暂生命融入永恒
每年夏天魂兮归来，登临枝梢
儿女清楚，是母亲在呼叫……

2016.9.25

回　家

（萨克斯独奏曲）

我回家，我要回家，
看望妈妈；
我回家，我要回家，
看望妈妈。
妈妈出村口，
站在槐树下，
手搭成凉棚盼儿。
说她是一梁柱，
她说只是一片瓦，
筑巢家天下。
说她是一梁柱，
她说只是一片瓦，
拉扯我长大尝尽了酸甜苦辣。

我回家，我要回家，
感恩妈妈；
我要回家，我要回家，
感恩妈妈。

拥抱一座山，
不怕天塌下，
就像那岩浆喷发。
说她是一梁柱，
她说只是一片瓦，
老宅屋檐下。

说她是一梁柱，
她说只是一片瓦，
萨克斯将我思念先吹回我那老家……

我回家，我要回家，
看望妈妈；
我回家，我要回家，
感恩妈妈。
我要回家，我要回家，
看望妈妈妈妈。

2016.8.2

母亲也有短处

加上我写给母亲的二十九首诗
全天下准能摞出一部旷世巨著

然，母亲是人不是神
即使是块玉
也会有瑕疵处，比如：
媳妇永远进不了她的肚——

一千年前，如此
一千年后，如故

不必被这绺思绪缠住
短处短用，捻成一根长长的线
将那本雕版印刷《母恩天高》
装订成书

2017.5.21

永远的丰碑

一代又一代母亲，都走了
背影成碑影：母恩天高

聪颖、娇嗔的乖女儿们
心中小溪诗蹦词跳
悄悄告诉全世界：
女儿是母亲的小棉袄

一句平平常常的贴心话语
任你长歌短歌
任你大调小调
都和泪仰天而啸——

大仁大爱大德竖筑的丰碑
千秋不倒

2017.6.13

母亲的胸襟

花枝招展嫁来时，何等风光
花轿像花船流淌，吹鼓手领航

新房里，新橱、新柜、新床
崭新夏布蚊帐＋陪嫁几箱

为母二十年，大儿子娶亲了
她忙里忙外，腾出东边正房

刚喘口气，小儿子也要结婚了
她坦然面对，又腾出西边偏房

破被褥一卷，住进牛棚
搬两张板凳，找块旧门板当床

她也无奈戏谑：呛不死
一辈子跟着牛屁股犁地插秧

虽陈年往事，心中一直开酒厂
喜酒，母亲的苦涩提酿……

2022.5.20

母亲留下一支歌

母亲不识字，更不懂乐谱
她用一辈子的辛劳和微笑
演绎一支歌：《甜与苦》

属虎的母亲，不再属虎
围锅而转，扛锹荷锄
撑起八口之家，日落日出

菜满园，鸡满笼，粮满橱
母亲开心得像只花喜鹊
喳喳！天天报喜，喜降门户

途穷路未末，母亲留下财富
——苦是福

2023.2.10

雁翼过生日

生日庆贺就像盛开的各种花朵
大诗人雁翼，选择了生日思母

也把他的生日，看得很重
重在母亲博弈夺子之苦

每年这天，心中涌起感恩的湖
煮两只鸡蛋敬奉，面壁，闭目

大兵出身的他，耿直如初
一辈子的生日，都是这么过的

2022.2.7

生日蛋糕

孩子们送来生日蛋糕
借助几十炷烛光
蛋糕长高了，堆成了圆锥形

老人满心酸楚，泣不能声
他看到了烛光里的母亲……

儿孙不解
老人拭泪，哽咽回应：
老爸高兴，爷爷高兴

2022.2.7

还想喊一声

藏在心里几十年的一句话
人老了，还想喊一声：妈妈

至今未能如愿的一句话
每年都在生日这一天发芽
只好留在梦里，哭遍天涯……

真希望世上能有后悔药卖
哪怕天价

2022.2.9

挂在墙上的母亲

母亲一辈子只照过一回相
一脸慈祥，永远挂在墙上了

母亲微笑，似在说：妈妈不走
天天在你们身边守望……

2022.4.21

诗与经

都说我写母亲的诗，从不言停
就像老和尚敲木鱼念经

也对，笔敲写字板笃笃
讴吟母亲的诗句，唱出荧屏

母亲的经，永远念不完，我信

2023.4.23

母亲五重唱

我歌唱天底下的所有母亲
写下一本诗，她们无一不是：
伟大的母亲、奶奶和澎湖湾的外婆

然，母亲还有两副脸：不都是好妻子
伟大的婆老太，更凤毛麟角

2023.2.28

孤独开课

每个人都有孤独的那一天
我之孤独践行，被逼提前

地球村依旧，每天一圈
我就跟着它踽踽簸颠……

狗咬的，自讨的
不怪任何人，也不怨

2023.2.28

对　峙

同住在一个屋檐下
唇枪舌剑后，一切如常
不闻一丝声响，静若山洼

殊不知，家庭也会冷战
鸡蛋里找骨头，吹毛求疵
两个都成了哑巴

呜呼，苦果缘于梦未醒成的家

2023.3.2

最伟大的人

不言育雏哺幼，费心劳神
含在嘴里，怕化掉
骑在肩上，又怕伢小屁股冷

不言持家不当家，甘愿佐衬
再穷再困，砸锅卖铁
不荒儿女读书习文

也不言母亲是家字上面那一点
木桶上的三道圆铁箍
屋脊下的一行瓦楞……

没有母亲们薪火梯队
蓝色星球再美，空无一人
哪来今日世界、世代传承？

重温种子和土地，根之课本
母爱里找不出一丝瑕疵
母亲的心，比金子还纯

寰宇亮丽纷呈，人丁兴盛
再伟大的人也是母亲所生
母亲，最伟大的人

2023.1.25

回眸童年

找不回来的那段日子
不妨效仿老牛反刍
便刍出美好的昨天依旧
挂在人之初

倒是检测一下走过来的脚步
举止有无过错？
岁月有无辜负？
言语有无失误？

其实，人生的路如同一棵果树
阳光雨露，枝繁叶茂
不论长在高山还是峡谷
挂果才称得好木……

2018.2.15

童年向我招手

睁眼闭眼都能看见
远方，向我招手的童年

菜花地里，茅草屋前
一脸稚嫩藏几分诡谲
依旧穿件对襟开衫

可望不可及的童年
即使耄耋之腿依旧如剪
亦无法剪去岁月大山……

保鲜那份率真
时间隧道开通即回，将从前
做过的好事坏事错事丑事
——重做一遍

2009.2.18

撒尿和烂泥

除了蓝天
周围无处不是泥

大田里是泥
院子里是泥
连堂屋也是泥巴地

小把戏，自己玩自己
——撒尿和烂泥

光屁股的乡下小男孩都玩过
铎狗铎猫铎鸭铎鸡
最爱铎头大肥猪
留着过年杀杀吃

2017.7.23

新娘子摸牙

新房里站着几个伢
个个缺牙巴

都说缺牙牙根是颗谷
新娘子手指一摸就发芽

信，男人从今都听话
不信，摸不摸都换新牙

来摸牙，沾沾喜气
多几块喜糖过家家

2017.7.24

童年美梦之一

祠堂终于更弦易辙
扩门洞窗，拾瓦捡漏
成学堂，像条船，泊村口

但等教书先生一到
鞠躬后，登船上课

先生引领学生和
唐诗当船歌……

2018.8.3

童年美梦之二

骑匹大白马
沿河边快马加鞭
直奔大运河最北端起点

谁在召唤？不知道
去干什么？不知道

全不知情就射出出行箭
梦筑十二岁，一九四九年

2018.8.3

童年美梦之三

尽管梦得有些离谱
乃梦中笑醒的喜从天降
独享：做梦娶新娘

被一位城里女孩看中
她不认为鲜花插在牛粪上

趁梦醒将梦境拴牢
天赐姻缘，梦牵一双

2018.8.3

兑　梦

三个美梦个个花开果香
乘火车晋京
大会堂不会忘记我歌声嘹亮

故乡多名弟子留洋
新娘真是个大城市姑娘

天生丽质，如花模样
而今金婚已度，钻石在望

2018.8.3

拾麦穗

正值连狗都嫌的年龄
居然挎个竹篮跟在大人后面
将地里散落的麦穗拾起

尽管晒得黄油直淌，全不顾及
还争先恐后抢着拾取
动力源自父亲的奖励——

奖励就挂在院子里那棵杏树上
红红的，像一盏盏小灯笼
圆圆的，像包着一团团蜜

一晃，八十年过去
少年时在地里拾得的种子
一辈子种在心里

2017.7.7

扭秧歌

跟在大人屁股后
嘴里唱着梭啦梭啦哆啦哆

有的提盏五星灯
有的两手舞红绸
扭向新中国……

后来才知道
扭的是欢欣
扭的是快乐

六十八年后回首:
一步也没扭错!

2017.7.23

赶毛驴

突发奇想，用毛驴为他人代步
将到仙女庙这段路程，变成钱
朝自己口袋里撸

苦了小毛驴和我
六条腿像六根棒杵
不停敲打着沙石公路长鼓——

开始，节奏铿锵，步履饱满
走走，两条腿就像灌了铅
几次都想哭……

穷疯了，少年麻木
二角六分钱就像田野里一只兔
不是谁想逮就能逮住

笑不起来，也哭不出
买两根油条犒劳小毛驴和我
——打道回府

2017.7.22

砸铜板

在地上随便划个圈
双方各置一枚铜板在里边
你砸我，我砸你，轮番

不管砸与被砸
铜板都不能出圆圈
出了圈，就不是你的钱

游戏规矩：圆圈是底线
管你光绪、大清、民国十文
不发疯，圈子内任你玩转

倘若忘乎所以，似圈不见
铜板只要出界或碰线
——玩完

如果铜板是人呢？

2017.7.29

蹦白果

天上不会掉馅饼
却会掉下白果
西北风一刮，银杏树下
闭着眼也能拣多多

蹦白果，全凭脚上功夫
好强争胜，玩得不亦乐乎
赢了，烤熟新果众人分享
输了，银杏树下再拾星星几颗

蹦白果蹦在春节前后
你蹦，我蹦，他蹦
蹦香年味
蹦出暖和

2017.9.15

拍洋片

插在每包香烟里的奖赏卡片
多为美女十二金钗笑颜

拍洋片，美女脸贴地面
稍窝的右手掌拍地鼓风
胜者：掀出美女美脸……

拍击的手，不得挨近
拍风处，早就划出一道线

拍时如遇风助，算你走运
若偷偷用嘴吹风，出老千
规矩：三倍罚款

两个泥猴趴在地上拍洋片
一拍能拍大半天

2017.9.16

特制气球

特殊在气球长在猪的肚子里

起初，父亲并不愿意
杀猪的二叔平时就疼我：
一锅菜下肚又算几？

年年岁末盼鸡啼
猪尿泡已被吹足了气
还特意灌一把黄豆进去
就像沙球摇出舞厅光怪陆离
——摇滚童趣

2017.9.24

背壶篓

还记得那天父亲一高兴
带我摸鱼喜鹊河
让我充当一只小喜鹊
背着壶篓，蹦蹦跳跳
跟着他在河边走

其实，我也在用眼睛摸鱼
摸父亲表情和每个动作的鱼
就盼摸到他抓着大鱼的手
笑着喊着举过头
父子摸鱼乐

掂掂壶篓
几条小鱼咋会这般沉兜兜？
莫非藏着父亲的一壶酒……

2017.9.19

田边的小河塘

一只硕大无比、掀去顶盖的
储蓄罐子——大肥猪
刻意藏匿地底深处
遇雨：八沟汲储
遇旱：倾囊支付……

平日漾一片蓝天白云
供劳作人洗手洗脸洗足

待田里禾谷全都入库
小河塘也水满草茂
夜幕一拉，那支地道乡土
便在河塘乐池中演出
——《月下蛙鼓》

2018.6.11

叉 鱼

鱼叉自己做
磨尖的九根阳伞骨聚一束
每根叉尖锉倒钩

夏叉暴雨前
水底氧不够，鱼儿浮在水面游
冬叉九、十点钟后
晒阳的鱼儿，一动不动图暖和

最是河中间大鱼成群转
该当飞叉显神手
杆尾早系绳索往回拖……

2017.9.20

皮夹子银行

拴在父亲裤带上的那只皮夹子
是我们家的银行
父亲任出纳，也任行长

每年除夕夜发过压岁钱
只听得皮夹上两颗揿扣响
银行也过年：关门关账

就像正月初五前不掀米缸面缸
皮夹子银行，也在财神日开张

2017.9.22

描红习字簿

先生说，识字是第一步
第二步，今天就带你们跨
每人发一本描红习字簿
依鱼描鱼，依虾描虾

开卷，全是红色方块田
每块田里只种一个大红的字
先生讲了笔画规矩
先左右，后上下，先撇，后捺

磨墨，蘸笔，鸭子上架
不胖就瘦，不歪就斜
先生说不要怕，练的是笔画
识路，何愁千里马？！

2017.9.25

抽陀螺

没钱买你车出来的标准模样

我们的全副武装：
一截树棍底部削成尖锥状
一根烂布条作抽带
小树枝抽竿握手上

终于有机会比赛登场
真可谓土造对洋枪
项目：陀螺对撞
结果：土陀螺打了个胜仗

土头土脑的童年，也很风光

2017.7.31

村庄若市

都晓得村庄钱袋钞票少
吆喝声仍一天到晚停不了
从烧饼油条到五洋百货
全都直起嗓子叫——

卖汤圆的继续前辈聪明
凸出一个肚脐的铜锣一敲
三里五里都听到

补缸哦，箍桶咪，磨剪抢刀
忽低忽高、弯弯绕绕
逗得一群娃娃跟着学调调

吹笛换糖的，头戴一顶坏草帽
废铜烂铁破布烂棉花
（后来又多出个牙膏皮）
拿来换麦芽糖在嘴里嚼……

而今回味，香甜依旧
生意不在大小

热闹

2017.7.30

翡翠项链

悄悄钻进别人家蚕豆地里
都说偷来的格外香
年年照此办理

真是烧虾子等不到红
猴急从罐头筒锅里拎起
颗颗饱满，粒粒如玉

那副馋相实在馋得可以
眼忙手忙，小嘴更忙
怎等得胸前挂一挂美丽？

最后，拍拍小肚皮
几条粗粗壮壮的翡翠项链
统统被他们吃进肚子里

2017.8.1

鸭蛋兜兜

兜不到鸭蛋，只好兜鸡蛋
也算端午节祝福的那个圆
挂在胸前

鸭蛋鸡蛋，不光大小
鸭蛋净白，鸡蛋黄赭

几个小朋友并排站一块
站出了一个颁奖台
鸭蛋是银奖
鸡蛋是铜牌

长大才知母亲撑家有多难
一个鸭蛋是两个鸡蛋的钱
省一个鸡蛋去换盐……

2017.10.7

货郎鼓

货郎将你举得高高
酷似一轮月亮
不论左转右旋，有板有眼
为他吆喝敲打鼓点登场
——货郎进庄

货郎鼓摇到伢子们手上
已袖珍成月饼大模样
鼓点，亦无须敲打出节奏
都能搓响童年时光
——梦甜觉香

后来，摇到小女孩羊角辫上
左摇右晃，不响
两只彩蝶追逐飞翔……

2017.10.6

惯宝宝的标志

后脑勺那块鸭蛋大块头发
自胎毛就不剃除
人们称它为鸭屁股

择名鸭屁股，缘在服水土
岸上闲庭信步，遇水能浮……

我也曾拥有这惯宝宝音符
没听到过它曼妙乐舞
反倒吃过不少回苦——

伢子打仗，手一撸
被对方捉住，乖乖投降被俘

2017.9.13

放风筝

八角风筝比磨盘还大
头上绑把藤皮子弓
两条尾巴挂灯笼

风筝爱在晚上放
藤皮弓在天上哇哇叫
两盏灯笼天上红

偶尔还系一挂小鞭炮
全村人听了笑哈哈：
皮猴子皮到天上炸……

2017.7.26

送粪图

粪坑这头，委二汉装粪驮桶
大田那头，请二汉卸驮圂粪

之间，最远的有几里地
全靠少年赶毛驴来回送粪
引线穿针……

庄上不少家小毛驴前来助阵
浩浩荡荡，一队送粪驴帮出村

长长的驮队渐行渐远
爬坡像队雁，落地一根绳
捆：五谷丰登

2017.7.24

蝌蚪，快乐音符

小时候最喜欢的小生命之一
黑咕噜嘟，成群结队
从小就抱团一起

看它们，也看见了自己
自由自在，无忧无虑
处处都是欢乐天地

凝眸久望，望出山高水低
不动：几砣徽州墨
动：长尾巴大黑豆在游弋……

看，黑色音符在庞大阵容集结
准备排演告别童年金曲：
《黑色风衣》

2017.7.27

打弹子球

有三角挂灯、五星缀袖
也有抢先入洞为侯

明知相互倾砸会头破血流
偏执意此玻璃球争斗

负伤球不得再次出战
口袋里又掏出崭新迎战对手

就那么你胜我负我赢你输
一场鏖战，无止无休……

最后笑笑，俘获的五颜六色
无一不伤痕累累周身破旧

也好，檐口滴水补漏

2017.8.4

抖空竹

故乡喊你喊得形象又生动
不抖不嗡，一抖就嗡
连续抖动，就"抖抖嗡"

看这位耄耋之龄仍潇洒
抖绳一绷，空竹飞上天空
抖绳斜梯，空竹又回他怀中

老翁抖抖嗡，依旧雄风
抖得人眼花缭乱、目不暇接
由衷竖拇指赞嗡夸翁

旁边老人说：儿时买不起空竹
他抖了三年茶壶盖
——童子功

2017.8.6

掏麻雀窝

并不以为此举有什么过错
屋檐盖瓦下
发现了麻雀的窝

翻墙头，搭人梯
根本不理睬老雀子又吵又闹
掳走雏鸟

长大成人才知道大错特错
破门窃子，是罪过

2017.8.5

纺织娘子

扁豆藤蔓爬满了篱笆墙
篱笆墙里藏着一支唱歌班底
成员：纺织娘

乡下人都叫它侉叫婆子
跟叫蝈蝈长得差不多模样
浅褐色，有一对大翅膀

也有趁天黑飞来加盟
先是一两声咿咿呀呀吊嗓
接着就是混声大合唱——

正高潮：雨骤风狂、大潮猛涨
瞬即压低成微波细浪……
艺术过渡如此得心应手，漂亮

侉叫婆子不侉
懂音律，爱集体，不张扬
从不开个人演唱

2017.8.7

野 炊

如果你有一个罐头筒
便拥你为王
最少弄个炊事班长

偷蚕豆、豌豆，不用你闯
田埂上掏个小灶，不用你忙
捡柴、剥豆，小事一桩

你就负责去小河里舀半罐水
偶尔也舀得一条小鱼，架火烧
几双眼睛全盯着锅里翻泡泡

待蚕豆由绿变黄
五指钉耙你抓他抢，无盐无油
却比山珍海味还香……

2017.7.8

小放牛

牛角上挂着书包
牧童骑在牛背上试笛
那是画家们画出来的

小时候我们也放过牛
找一片肥草，牛不抬头
我们就脱掉裤子下河洗澡

夕阳西下，炊烟袅袅
老牛肚子滚圆，闭目反刍
伢子收获不小，猫鱼两条

2017.7.9

桑蚕和我

桑蚕爱吃桑叶的绿
专门人群，专业奉侍

我就酷喜那桑葚的紫
无人问津，只好上树自取

是因为同食桑树上果叶
才神韵天赐？

桑蚕周身渐次透明，蜕皮四次
——吐丝

我满嘴满心乌紫，紫气东来
——吐诗

2017.7.11

打补丁的日子

足见小时候顽皮得有多伤心
衣裳裤子挂破了
买不起新的
只好缝缝补补打补丁

打补丁的日子倒也称心
无所顾忌
敢在荆棘丛中行——

也无所谓好看不好看
蓝天够美了
有时也不得不打补丁
——一块块乌云

2003.9.3

粘知了

不用蜘蛛网去网
也不用灯笼络去套
用一根细细长长的竹竿
竿梢裹一层黏黏的面筋当胶

不怕它藏匿枝枝丫丫
不怕它爬得再高
仗着年少眼力好
眼到，竿到，粘到

乱跳不叫，是母的
又蹦又闹，是公的

树上能活一夏
落地两天毙命
为何同蝉过不去？

好奇的童年回答不了
也许为了好玩
也许还看中它胸脯两坨精肉

生可喂雏鸟
火烤成佳肴

2017.7.9

打鼓轮

就因为风吹四片叶子转动
带动腰间裤腰带上别着的
那根鼓槌，弹跳不止

又将夹在胯间那只罐头筒的鼓
敲得整天价响
寂静田野居然也鼓乐登场……

家家田里的打鼓轮响成一片
不讨人喜欢的老鸹，不敢来了
讨人喜欢的喜鹊，也不敢来了

乡音将你念成打鼓人，也成
专职守望西瓜地
守着满地的绿色星辰

2017.6.28

扎稻草人

叉开双腿
伸平两条臂膀
一把破芭蕉扇吊在手上
借助那根棉线和风

这是我扎出的另一个我
要守卫那块长方形大摇篮
派它去站岗
刚播下田里的种子
不能被鸟雀夺种为粮

站在田间地头的稻草人
画眼睛画鼻子画嘴，人模狗样

2017.7.1

界　基

也就一泡牛粪大小矮灌木丛
楚河汉界，寸土难移
界出一块块土地赵钱孙李……

田呈东西向的，栽栽南北
田为南北向的，栽东栽西
田园风光由此拉出了美丽

贴地筑巢的叫天子鸟喜在心里
单门独院，一户一篱
孵雏，窝边就有麦龙虫可啄
四周有青纱帐挡风遮雨

未及麦黄开镰，一天
所有鸟全家振翅云天集结
来时一个团，走时一个旅
冲浪般朝北方飞去——

空巢的界基知底：草原百灵鸟
每年来这里生儿育女

2017.7.2

打弹弓

将Y状树枝丫握在右手上
左手将两根橡皮筋拉得长长
——剑拔弩张

不因为农村有天然靶场
就信手拾得百步穿杨
弹无虚发非凭空
射掉的弹丸用箩装……

嘴里哼着啷的个当
也算得一支小小武装
个个裤带上别着佩枪

2017.8.9

打水漂

一块瓦片在水面上迅跑
却似少年放飞的一只鸟

打水漂，看谁的漂漂得更远
谁的漂在水面上弹跳
留下脚步多少

就像芭蕾舞鞋前面那块趾尖垫
厚薄相当，波波俏俏
点水而漂，旋出美丽舞蹈

后来神了，打出去的水撇子
再也不往水下面掉
漂呀，漂——

一直漂到今天还在漂
有的南漂
有的北漂……

2017.8.11

喝粥谣

一吸三条沟
一吹三层浪
穷得叮当响的村庄
乐观的故乡人将穷日子形象

无多籼子面，将日子黏稠
缸里少米，只得寡水清汤

幸好家家窖藏山芋，放在锅里
让正值成长的孩子，充填饥肠

一吸三条沟
一吹三层浪
从穷日子里熬过来的人听了
心里只冒辛酸……

2017.8.13

百索子撂上屋

六月初六，百索子撂上屋

端午节系的五彩索
说能拒五毒
伢子想的不一样
总巴望系索的日子快结束

快结束，百索子撂上屋
吃饺子，馋瘾过足
好像饺子不到这天就煮不熟

2003.8.16

铎牛屎粑粑

那年大旱，草垛快要拔光
十口之家灶膛难越冷凉
父亲只好搬出祖传方略
做牛屎巴巴，铎在墙上

恰似翻开的古籍几行
排列有序，字字端麻
医家：悬壶济世
农家：充薪弥仓

三五个太阳，又一一剥下
叠成宝塔状，走近
隐隐嗅到青草残香……

2018.1.7

跳 绳

任你将那根长长的绳
荡成一条河，难不住我
一个箭步穿过

任你将那根长长的绳
荡成一条江，从容展翅
大江上踏波踩浪……

任你将两根长长的绳
交叉荡成网，我就见缝插人
尽兴舞蹈，悄然退场——

就这样，你跳、我跳、他跳
你荡、我荡、他荡
荡成一弯彩虹，挂在童年路上

2018.3.3

跳木马

初级：四肢落地
中级：两手握紧小腿
高级：双手撑膝

人马当木马
一张张笑脸飞了过去——

最是按马那一刻
两条腿绷成鹏鸟双翼
矫健又帅气

都叫它捺水鸡子的本土游戏
每回都让我人仰马翻嘴啃泥

2018.3.19

滚铁环

睿智而聪颖的祖先
取日之圆、月之圆
合成一个金属的圆环
陪伴子孙滚动童年

前拉，后推，掏螃蟹
爬坡，上坎，急转弯……
无一能阻拦

将每个太阳十五的月亮，滚圆
将每天的笑容，滚圆
儿时只顾玩，彻悟猛然间：
滚铁环，只能向前！

2018.1.27

踢毽子

鸡毛在我们脚下
不可能飞上天
只能让那枚包裹着的铜钱
自空中坠落的速度放慢

四根带绒毛的雄鸡尾羽
撑开一顶小小的降落伞
为踢毽人腾出一点点空间时间
从容姿势转换

踢毽子不分男孩女孩一起玩
趣的是邀约无须开言
掏出毽子一摇，对方直点头
——鸡毛成令箭

2018.1.1

放地嗡

就凭那根筷子长短的中轴
旋出雄风，立地而嗡
狐步划圆，悠闲而从容……

一个童话世界在面前转动！

孰料，还旋开一张张小脸如花
围观的圆圈成了特大地嗡
又喊，又叫，又跳，又蹦

2018.1.10

竹蜻蜓

不光是名字雅气
再穷人家的孩子也买得起
一分钱买架小飞机

只有一个螺旋桨的小飞机
专门为孩子制造的小飞机
手搓升空，自由落地

几架小飞机在一起，总爱比
比谁的飞得快、飞得高
谁的飞机率先钻进云层里……

童年，一分钱也玩得这般惬意

2018.1.7

掼三角

香烟盒子叠出来的三个角
不值分文
童年却是个宝

精装烟盒精面料
头牌为"美丽"
其次为"老刀"
要沉稳,有分量
要品相,有容貌

攻击方位早已锁定
就像老鹰扑小鸡
——无路可逃

2018.1.1

上 灯

土地庙前那根入云的桅杆
挂灯，不挂风帆

村里人要将一盏盏火红的祈盼
挂上天

一层灯架灯八盏
十八层灯宝塔夜空悬

你看，运灯的队伍像长龙
弯弯曲曲、闪闪烁烁好壮观

故乡上灯，要多好看有多好看

2003.8.22

屎壳郎

简直就是一坨牛屎
圆圆的，外壳黑得发亮

一对眼睛，小小的
两根触须，细细的
爪子、腹部的毛，长长的
盔甲张开，还藏着一对翅膀

屎壳郎，最喜欢新鲜牛粪
切一块盘成圆球状
屎壳郎聪明至极
倒推前行，也不会走错地方

昆虫也知时节
天已开始转凉，备雪备霜
忙着储备粮……

好奇的童年不是什么都好奇
屎壳郎脏，不动，只望

2017.8.13

蚂蚁搬家

真可谓：千军万马
沿路的喇叭花壮行，吹吹打打

负重的，赶往新穴
空载的，返回老家
一个个都像训练有素的士兵
秩序井然，密密麻麻

简直就是一条钢铁运输线
即使用树枝拦路拉一道深沟
——蚂蚁眼里的绝壁悬崖
也毫不畏惧，照样攀爬

舟桥蚁拖来几截麦秸草和苇叶
一根根横放沟上
大队人马继续开拔……

蚂蚁不先兆灭顶之灾不会搬家
这里将有大暴雨或山体崩塌

2017.8.16

童年记忆之一

就像不可思议地在水中捉鸟
我确实在公路上把鱼捉了

村后那条小河像根裤腰带
将半个村庄环抱
向南绵延那头，一直通到霍桥

还记得那年发大水
河水漫过田埂漫过村道
随水而流的鱼儿，在公路上扳跳

好不热闹，天上下着雨
公路上站满了大人小孩吵吵闹闹
用网兜，用手抓，用筐罩

这边喊，那边叫，鱼儿跳
那幅《公路捉鱼图》
眼睛一闭，就能看到

2017.8.15

童年记忆之二

也碰到过一回蝗虫劫难
麦苗灌浆饱粒不久
从北边天空压来黑鸦鸦云头

像是成千成万成亿架小飞机
遮天蔽日，鸡飞狗吠驴吼

强行落地，一袋烟工夫
饕餮声裂，一块田的庄稼
全被啃光，一棵不留

农家无法与它争斗
只好敲锣敲盆吆喝……

父亲坐在大门槛上发愁
日子咋过？一半田地颗粒无收

2017.8.18

童年记忆之三

经常在一起玩的三个皮猴
两个粘蝶王，一个神枪手

一天，走在一棵皂角树下
发现树枝上排列三个目标
弹弓手首先开弓
二粘王同时将粘竿举高——

躲在后面的黄雀被一弹击中
前面的螳螂、知了被粘竿粘牢
（知了是只公的，还在哭闹）

事情传到祠堂教书先生耳里
罚站，怕是轻的了
孰料先生不训反夸，笑道：
一句成语被你们从树上射落

也不懂先生讲的什么成语古语
鞠个躬，三少年拔腿而跑

2017.8.15

舀　虫

常见舀水舀粥舀汤
我却见过舀虫
舀非勺瓢
左右开弓

很长竹竿作柄的舀虫筒
萝卜缨上的密密麻麻蠕动
全被舀进筒中——

曾见十多位男子一字排开执筒
恰似工兵连扫雷
阵容好不威风

时而，自右向左悄悄收拢
时而，由左向右缓缓挪动……

农事并非横闯直冲，舀虫如拳
——慢功

2017.8.19

做　场

闲置了将近一年的打谷场
难说地下有多少鼠洞、蚁穴

农家打不起三合土
更买不起水泥，一劳永逸

先用老牛犁开板结
再耙细，捡去碎砖破罐瓦砾

泼水润湿，次日毛驴上阵
大石磙小石磙压实一寸寸
不留缝隙……

像在精心做一块特大方饼
农人恪守程序，颗粒不易

2017.8.23

打　场

毛驴拉着大石磙
在铺得厚厚麦穗褥垫上转圈
轨迹像一轮轮太阳
打谷场原本就是农家的天

石磙一圈一圈又一圈
竟转得天上太阳斜到西边
站在中心牵驴绳的父亲
又是吆喝，又是挥鞭——

他要拨动毛驴这根时针快些转
收场必须在太阳落山前

2017.8.30

扬　场

扐走麦秸堆成草垛
几把竹扫帚收拢半年的希望
飘锨一铲铲朝天空抛去
——扬场

麦壳、麦芒随风远扬
麦粒如雨般坠落地上
慢慢堆成一座小山，金黄
大人说：做人要像麦粒一样

其实，也没听懂大人的心思
虽不言，心里很不舒畅
要伢子做颗麦粒
送进磨坊……

2017.8.31

村 庄

也是一块沃土熟埌
专门播撒百家姓种子
生长人的秧苗、六畜兴旺

和土地相依为命
一个，赖以生存
一个，免遭荒凉

2017.9.1

石头剪子布

各自都有制胜招数：
布包石头
石头砸剪
剪子剪布……

不光玩出童年快乐
你包我，我剪你，你砸我
猜透对方心思
一半胜券在握

石头剪子布，还露出
一条醒世恒言让你记住：
大千世界，循环往复
一物降一物

2017.9.2

狗屎箸子

粗糙了的簸箕一个
多三根竹片箸把提撑
撑出你特殊功能

村里看家护院的狗们
趁寒冬腊月天未亮
爱聚首旷野打闹、狂奔……

聪明人拨亮心灯一盏：拾粪
庄稼人种田为本
狗屎箸子——聚宝盆

2017.9.3

善报宫逢集

坐落宫前那片长方形空旷
四周挤满的各式各样摊点
为广场镶起一圈边框
场中央，小戏班在吹拉弹唱

犁锄镐锹，锅碗瓢盆
扁担木桶，竹篮竹筐……
几处烟雾缭绕，敲勺亮嗓：
油条豆浆，阳春面宽汤

挤挤撞撞，吵吵嚷嚷
若要招呼一位熟人，就必须
大声高唤，举手摇晃
这就是儿时乡间地摊大卖场

童年，唯一一次赶集
思念多年，催步前往
不见了人群、宫宇、广场
一位老者摇首：天宫撤回天上

2017.9.5

进城洗澡

父亲笑着蹲下身子
让我骑在他肩上

有意无意托举我高人一头
街上独一无二独来独往
长街如万花筒绽放……

澡堂，留下童年记忆两行：
个个精光光
人人都一样

父亲说：也不一样
入池像一样，出池就不一样
有人进雅室，有人坐大堂
雅室为享受，大堂为去脏

不全懂。大手搀着小手街上逛
惯宝宝也不一样，洗过澡
又是草炉烧饼又是橘子糖

我说：天天都能这样该多好

父亲说：一年也就趟把趟

2017.9.6

一粒米的重量

每当吃饭剩或掉下一颗饭粒
挂在父亲嘴边的那杆秤
随即准确称得并报出重量：
七斤四两

挑水育秧，车水插秧
戽水壮秧，开渠灌水饱浆
加上种稻人付出的汗
一粒米需七斤四两水喂养

一代代传秤，无须求证
就明白一粒米的真正分量
每每端碗心中就会流淌
手里捧着的是一条江……

2017.9.3

迟到的红领巾

足见小时候顽皮得要命
十四岁，才戴上红领巾

还记得那年六月一日早上
初一九个班整齐在操场上站列
若不是集体入队号角
红旗一角只是一片擦肩彤云
很难系在我颈……

顽皮归顽皮
机灵归机灵
读书从不死记硬背
就耍小聪明

顽皮透顶，又不失聪颖
十四岁，才戴上红领巾
（情可原，十二岁祖国才新生）

2017.9.4

冰天留影

倒挂在屋檐下那排如剑冰凌
几十年了，未曾消融一根
至今仍寒气逼人

周身冷得像筛子筛糠
半饱半饥，冷
旧袄成了薄薄炕饼一张，冷

顾不得好看不好看了
腰间勒一根草绳
活像车把式准备赶车进城

2017.12.13

童年一本书

不论穷和富
每个人的童年都是一本书
一本无字的书
全部是插图

这本纯属私人藏书
从不外借，想看哪幅
无须翻找页码
瞬即从大脑中调出——

几十年光阴，金梭银梭
藏在书里的故事鲜嫩如初
一如春笋破土……

2017.12.19

童年也智慧

一根竹竿
——当马骑
一节芦管
——潜水器
一张烟盒纸
——掼三角
一只蛤蜊壳
——嘟出哆唻咪

一个罐头筒
——野炊具
一枚杏核
——磨哨笛
一张洋片
——拍欢喜
一架纸飞机
——飞东又飞西

一叶荷叶
——遮阳又遮雨

一支莲蓬

——淋沐浴

一坨面筋

——粘知了

一盒火柴棍

——架桥又搭梯

一段桑树条

——扳弯弓

一截黍竿

——作箭镝

一绺柳条圈

——伪装帽

一柄断锹把

——打游击

一块小瓦片

——打水漂

一根狗尾巴草

——串猫鱼

一把蒲扇

——扑蝴蝶

一堆泥巴

——撒尿和烂泥

2018.8.15

斗 鸡

远看，像两只小公鸡在斗技
各自将一条腿抱起
——金鸡独立

进攻防御，一条腿蹦跶
膀弯当墙相互撞击

直撞得对方踉跄，平衡失去
双脚败北落地

你攻我避，争斗激烈
脸上表情却始终统一
——笑嘻嘻

2017.12.31

竹篮打水

一天，私塾先生胳拧竹篮
带领学生去河边游戏
命题：竹篮子打水

不管你慢放快提
还是轻放轻提
竹篮里都是空空的

只见号称皮猴的伢子上前
脱下上衣铺在篮里，轻而易举
半篮水被他拎起……

先生笑了：竹篮打水
空不空全在于自己
大智慧，免一年束脩奖励

2018.3.20

掳蜘蛛网

小时候只帮过母亲一回忙
——掳蛛网

这活，伢子们在行
顶端扎个圆箍的竹竿是枪
蜘蛛爱在哪里设伏守株待兔
全在小脑袋瓜里藏……

蜘蛛布网捕猎
我掳蛛网给妈妈盖在钵子上
——晒酱

2018.6.29

赊 酒

对了，也为父亲帮过一回忙
——赊酒记账

父亲赊过好几次了
拉不下老脸，推出我亮相：
惯宝宝头回进小店，财旺
五洋百货，皆可挂账……

两杯小酒下肚
父亲又扛犁吆牛去田里翻找
——一家人的希望

2018.7.1

乡愁何处

逝水一去不复
人可闭目思故

思绪可以滑回童年
时光也可以滑回童年
滑不回去的是故乡的茅屋

不见通向村庄蛛网般小路
不见弯弯小河和河里的鸭鹅
扫荡如此残酷——

连一棵小树都难逃厄运
故乡的影子也被房产商收购
何奢望袅袅炊烟喷吐

八十一岁成了无家可归的孩子
又怕别人叽讪榆树疙瘩脑袋
只好伤伤心心、偷偷地哭……

皮之不存，毛将焉附？

村庄全无，乡愁何处？

2017.2.13